새로운 도전에 나선 오풍연의 11번째 에세이

휴넷 오풍연 이사의
행복일기

오풍연 지음

30년 기자 생활의 끝? 또 다른 시작이다!

도서
출판 행복에너지

휴넷 오풍연이사의 행복일기

초판 1쇄 발행 2017년 2월 1일

지 은 이	오풍연
발 행 인	권선복
편 집	김정웅
교 정	권보송
디 자 인	이세영
마 케 팅	권보송
전 자 책	천훈민
발 행 처	도서출판 행복에너지
출판등록	제315-2011-000035호
주 소	(157-010) 서울특별시 강서구 화곡로 232
전 화	0505-613-6133
팩 스	0303-0799-1560
홈페이지	www.happybook.or.kr
이 메 일	ksbdata@daum.net

값 15,000원

ISBN 979-11-5602-455-2   03810

Copyright ⓒ 오풍연, 2017

도서출판 행복에너지는 독자 여러분의 아이디어와 원고 투고를 기다립니다. 책으로 만들기를 원하는
콘텐츠가 있으신 분은 이메일이나 홈페이지를 통해 간단한 기획서와 기획의도, 연락처 등을 보내주십시오.
행복에너지의 문은 언제나 활짝 열려 있습니다.

휴넷 오풍연 이사의
행복일기

도서
출판 행복에너지

목차

1月

2月

"휴넷에서 인생 2막을..."

정말 꿈만 같다.

나는 지금 서울 구로동 휴넷 사무실에 있다. 사회행복실 이사가 현재 직함이다. 인생 2막을 이곳에서 시작하고 있는 것. 2016년 10월 3일 30년 언론계 생활을 마감한 뒤 같은 달 31일부터 휴넷으로 출근해 일을 배우고 있다. 아직 신입사원 티를 완전히 벗지 못했다. 그러나 의욕만큼은 충만해 있다.

이번 책이 11번째 에세이집이다. 휴넷 오풍연 이사의 '행복일기'. 휴넷인이 된 것을 기념해 부제에도 휴넷을 넣었다. 나에겐 눈에 넣어도 아프지 않은 존재다. 많은 독자들로부터 사랑을 받아 휴넷이 보다 알려졌으면 좋겠다. 그것이 유일한 바람이라고 할 수 있다. 내 손을 잡아준 휴넷에 대한 작은 보답이라고 할까.

나는 일기도 문학으로 여기고 있다. 2016년 한 해 동안 쓴 글을 모았다. 그래서 일기 형식을 띠고 있다. 매일 새벽 1~2시쯤 썼다. 아침에 눈을 뜨자마자 사과 1개, 커피 한 잔으로 식사를 하고 글쓰기를 했다. 나의 트레이드마크는 새벽. 날마다 1시를 전후해 일어난다. 대한민국에서 가장 먼저 하루를 열지도 모른다. 이 같은 생활 패턴을 10년 이상 이어왔다.

내 글은 굉장히 짧다. 원고지 3장 안팎 분량이다. 하나의 장르도 만들었다. 나는 이를 장편掌篇에세이라고 한다. 한국에선 나만 시도한다고 할 수 있다. 요즘은 분초를 다투는 속도의 시대다. 글도 짧을수록 좋다는 게 내 생각이다. 머리말 역시 짧게 쓴다. 모두의 행운을 빈다.

2017년 1월 구로동 휴넷 사무실에서

오풍연

☾1月

병신년을 맞으며

병신년이 밝았다. 을미년에는 정말 많은 분들의 격려와 사랑을 받았다. 5,000명의 페친은 가장 든든한 우군이다. 무어라 감사의 말을 전해야 할지 모르겠다. 새벽에 눈을 뜨자마자 가장 먼저 만난 사람도 페친들이다. 새벽 1~4시쯤 격려해 주는 분들도 적지 않았다. 나와 함께 새벽을 여는 분들이라고 할까. 밴드 회원들로부터도 뜨거운 성원을 받았다. 특히 대전고 58회 동기들은 큰 힘이 되어주었다. 고등학교 그때 그 시절로 돌아간 듯하다. 여백회는 법무부 정책위원들과 함께 하는 밴드다. 한국의 지성들과 소통할 수 있어 좋았다. 비연회는 우리 사촌들의 모임. 연자 항렬 12명을 포함, 조카 등이 회원이다. 가족의 대소사를 의논한다. 청우회는 충남 보령 청라 초등학교 친구들의 밴드. 모두 부랄 친구들이다. 동심 그대로여서 좋다. 청춘회도 빼놓을 수 없다. 김대중 정부 때 청와대를 출입했던 기자들의 밴드. 회원들의 동정을 살필 수 있다. 대경대, 아세아항공직업전문학교 학생들과도 인연을 쌓았다. 올해도 마찬가지. 평정심을 잃지 않고 매진하겠다.

새벽 예찬

새해 첫날도 일찍 잤다. 저녁 8시 뉴스 시작하자마자 자러 들어 갔다. 그랬더니 자정 조금 지나 깼다. 여전히 4시간 수면이다. 이 같은 생활 패턴에 대해서도 감사해야 할 것 같다. 나에게 많은 것을 가져다주었기 때문이다. 하루를 길게 쓰니까 여러 가지 일을 할 수 있다. 남들보다 하루 2~3시간은 더 쓰는 셈이다. 이게 모여하나의 결실로 이어진다. 페이스북을 여유 있게 할 수 있는 것도 그렇다. 9권의 에세이집을 낸 것과 무관치 않다. 이 시간이 정신도 가장 맑다. 그때 글을 쓰는 것이다. 10번째 에세이집 원고도 완성됐다고 말씀드린 바 있다. 제목도 이미 정해 놓았다. '새벽 예찬'이다. 나와 새벽은 떼려야 뗄 수 없다. 오풍연 하면 제일 먼저 떠오르는 것이 새벽이다. 이제 새벽 없는 오풍연은 생각할 수 없다. 새벽과 오풍연은 등식이 성립한다고 할까. 이번 원고도 달라는 출판사가 있으면 그냥 드리겠다. 지금까지 늘 그래왔다. 10권이라서 더 의미는 있을 듯싶다. 하지만 언제 나올지 모른다. 물론 서두를 생각도 없다. 일은 서두른다고 되지 않는다. 해피 뉴 이어.

단 정직을 묻는다

　자기 맘에 꼭 드는 사람이 있을까. 아마 없다고 본다. 자기 자신도 마음 안 드는 구석이 있을 텐데 하물며 남은 말할 것도 없다. 그럼 어떻게 살아야 하나. 답은 하나다. 잘 살아야 한다. 하지만 그것이 쉽지 않아 문제다. 누구든지 잘 살고 싶어 한다. 나 역시 다르지 않다. 단골 강의 메뉴이기도 하다. '어떻게 살아야 하나' 이처럼 거창한 주제를 가지고 강의를 하곤 한다. 내 결론은 늘 같다. "끝장을 보자."고 얘기한다. 이는 다시 말해 열심히 살아야 한다는 것. 최선을 다해야 한다는 것. 열심히, 최선을 다하면 끝장을 볼 수 있기 때문이다. 그 판단의 잣대 또한 다를 수밖에 없을 터. 적당히 하고도 최선을 다했다고 하는 사람이 있을 게다. 사람은 천차만별이다. 그리고 자기합리화에 능하다. "내 탓이오." 하는 사람은 찾기 드물다. 어떻게든 자기 책임을 벗어나려고 한다. 정직하지 않아서 그렇다. 내가 유독 정직을 강조하는 이유이기도 하다. 오늘 새벽도 나에게 묻는다. "나는 정직한가."

1月7日

새벽 찬가

　10번째 에세이집 원고를 정리하고 있다. 어제까지 절반 정도 작업을 마쳤다. 내가 늘 노래 불렀던 새벽 얘기가 가장 많았다. 그 다음 정직, 실천도 눈에 띄었다. 일부러 그랬던 것은 아니다. 내 삶의 일부이기 때문이다. 모두 나와 떼어내 생각할 수 없는 것들이다. 책에서 가장 중요한 것은 제목. 책의 내용보다 더 신경 써야 한다. 10번째 에세이집의 가제를 '새벽 예찬'이라고 정했었다. 그런데 이미 같은 제목의 책이 있었다. 그래서 책의 제목을 바꾸려고 한다. '새벽 찬가' 말 그대로 새벽을 노래한다는 뜻이다. 찬가는 한문으로 쓸 계획이다. 이제 책은 나의 전부가 아니더라도 절반은 된 듯하다. 정리하면서 나도 깜짝 놀랐다. "이런 일이 있었던가." 나의 흔적을 일기 형식으로 옮긴 까닭이다. 때문인지 이런 얘기도 가끔 듣는다. "어쩌면 그렇게 책하고 똑같아." 내 책을 읽어본 분들이 전해주는 말이다. 말하자면 책은 나의 분신인 셈이다. 그런 만큼 책 내용에도 가식이 없어야 한다. 원고를 정리하면서 다시 한 번 다짐한다. 보다 솔직해지자.

대장정을 거의 마친 느낌

2010년 4월 15일 첫 출판기념회를 한 바 있다. 서울 프레스센터 국제회의장에서 했다. 당시 오해도 받았다. "오 기자가 정치하려고 그러나." 이 같은 전화를 직접 받기도 했다. 그해 6월 지방 선거가 있었다. 선거법을 잘 몰라 그런 질문을 했던 것이다. 출마자는 선거일 3개월 전까지만 출판기념회를 할 수 있다. 내 출판기념회는 4월. 그러니까 선거와 상관없는 행사였다. 내가 한 약속을 상기시키기 위해 일화를 들려드린다. 그때 오신 분들께 다음과 같은 말을 했다. "오늘은 제가 작가의 길을 선언하는 뜻 깊은 날입니다. 앞으로도 글을 계속 쓰겠습니다. 옆에서 지켜봐 주십시오."라고 했던 기억이 난다. 결과적으로 그 약속은 지킨 꼴이 됐다. 그 이후로 7권의 책을 더 냈기 때문이다. 이제 또 10번째 에세이집의 출간을 앞두고 있다. 처음 목표는 10권이었다. 10번째 책이 나오면 오랜 기간 동안 숨 고르기에 들어갈 생각이다. 그동안 쉼 없이 달려왔다. 그렇다고 펜을 놓겠다는 얘기가 아니다. 원고를 넘기고 나니까 한결 가벼워진 느낌이다. 이제는 진인사대천명.

SNS를 잘하려면

    어떻게 하면 SNS를 잘할 수 있을까. 사람마다 취향과 방법이 있을 게다. 실제로 자기만의 스타일이 중요하다. 따라서 달리 정답은 없다고 본다. 내가 생각하는 첫 번째는 관심이다. 먼저 글을 꾸준하게 올릴 필요가 있다. 자기의 생각이나 관심사 등을 표현하는 것. 나는 그때그때 생각나는 대로 올리는 편이다. 그 다음은 남이 올린 글에 대해 관심을 보여주는 것. '좋아요'를 누르거나 댓글을 달면 된다. 그런데 이른바 '눈팅'만 하는 사람들이 많다고 한다. '좋아요'를 누르거나 댓글을 다는 것이 쑥스럽다는 것. 이는 다분히 또 다른 남을 의식해서다. SNS도 솔직해져야 더 가까워질 수 있다. 그러려면 자기의 속내도 털어놓아야 한다. 그러는 것이 쉽지 않은 것은 물론이다. 내가 정직을 강조하는 이유이기도 하다. 소한 추위가 매섭다. 모두 감기에 걸리지 않도록 조심하시라.

'노오력'만이 살길이다

참 습관이란 게 무섭다. 대전 상가에 갔다 오느라 평소보다 2시간가량 늦게 잤다. 푹 자고 싶었다. 그런데 깨어보니 새벽 2시 40분이다. 네 시간도 못 자고 일어났다. 일찍 일어나는 습관 때문이다. 나쁘지 않다고 본다. 건강하지 않으면 일찍 일어나려고 해도 일어날 수 없다. 다시 말해 건강하다는 뜻이다. 감사해야 할 일이다. 오늘은 일요일 근무를 한다. 금, 토 쉬고 휴일 근무를 하는 것. 일터가 있다는 것도 행복이다. 출근할 때마다 감사함을 느낀다. 내 또래에 노는 사람들이 많다. 어정쩡한 나이이기도 하다. 우리 나이로 57세. 더 일을 할 수 있는데 오라는 곳이 없다. 쉰만 넘으면 거들떠보려고 하지 않는다. 이 또한 인정하면서 살아야 한다. 나만 아니라고 한들 소용없다. 내 목표는 70까지 일하는 것이라고 수차례 말한 바 있다. 그러려면 더 노력해야 한다. 그만큼 경쟁력을 가져야 한다는 얘기다. 노력을 능가할 자산은 없다. 요즘 말로 '노오력'만이 살길이다.

형님

　기자들은 호칭에 님 자를 안 붙인다. 수습 때부터 그런 식으로 교육을 받는다. 그래서 버릇없다는 소리도 곧잘 듣는다. 새파랗게 젊은 기자가 나이 든 분들에게 님 자를 안 붙이니 말이다. 대신 형님이란 호칭을 많이 쓴다. 특히 경찰서를 출입하는 기자들은 나이 든 형사들에게 형님이라고 부른다. 그럼 더 가까워지는 측면도 있다. 경찰 취재 차량을 운전하는 기사분들에게도 같은 호칭을 쓴다. 나도 수습기자 시절 그랬다. 당시 운전을 했던 분들은 모두 신문사를 떠났다. 기자들보다 평균 10살 이상 많았기 때문이다. 오늘 점심도 당시 인연을 맺은 형님이 오셔서 함께 했다. 46년생이니까 우리 나이로 71살. 나보다 14살 위. 지금도 호형호제하면서 친하게 지낸다. 그 형님은 박정희 대통령 시절 청와대 비서실에도 근무했다. 전두환 신군부가 들어서면서 1980년 서울신문으로 옮겼다. 오늘도 나에게 덕담을 하신다. "오 국장은 더 큰 일을 해야 하는데. 올해 좋은 소식 좀 전해줘." 솔직히 더 바라는 게 없다. 글 쓰고, 강의하고, 외부 특강하고. 더 바란다면 욕심이다.

끈기

다시 새벽이다. 내가 가장 좋아하는 시간. 오늘은 끈기에 대해 얘기를 풀어갈까 한다. 한자론 인내심이라고 할 수 있을 것 같다. 뭐든지 하루아침에 되는 일은 없다. 그럼에도 많은 사람들이 짧은 시간에 큰 성과를 기대한다. 세상의 이치는 그렇게 호락호락 하지 않다. 충분히 공을 들여야 서서히 효과가 나타난다. 노력을 하지 않고 되는 일이 없다는 얘기다. 다른 사람 얘기는 할 필요도 없다. 나는 어떤가. 시작은 남들보다 빠르지 않다. 내가 먼저 시작하는 일은 거의 없다시피 하다. 유행에 둔감하다고 볼 수 있다. 그러나 한 번 시작하면 중간에 그만두는 일은 거의 없다. 끝장을 본다고 할까. 내 강의의 말미도 한결같다. "끝장을 봅시다." 다시 말해 끈기가 있어야 한다고 강조한다. 하루, 일주일, 한 달, 1년이 쌓이면 조금씩 서광이 비치기 시작한다. 단박에 끝낼 수 있는 일은 없다. 새벽 걷기를 예로 들어본다. 처음엔 나도 쉽지 않았다. 하지만 지금은 2~3시간도 거뜬하다. 지루함을 느끼지 못한다. 끈기가 있었기 때문이라고 생각한다. 동의하십니까.

나는 영락없이 촌놈이다

　서울 생활 만 37년째 접어들었다. 1979년 고교 졸업 후 서울로 올라왔다. 서울사람이 될 법도 한데 난 여전히 촌놈이다. 좋아하는 음식도 그렇다. 옛날 시골에서 먹던 음식을 지금도 좋아한다. 어머니의 음식 솜씨를 잊을 수가 없다. 아무리 멋진 레스토랑에 가도 어머니의 손맛만 못하다. 눈 내린 뒤의 퇴근길. 지하철 영등포구청역에서 내려 집으로 오던 중 뭔가 쌓아 놓고 있는 트럭을 발견했다. 나도 모르게 발걸음이 그쪽으로 향했다. 이른바 막과자를 팔고 있었다. 보기에도 먹음직스러웠다. 한 보따리를 달라고 했다. 가격을 물어보고 더 놀랐다. 한 자루에 5,000원이란다. 저녁 식사를 하고 과자를 먹었다. 옥고시, 센베이 등 종합과자 세트였다. 부스러기가 많았다. 그래서 싼 듯했다. 그래도 맛은 최고. 아내보고 먹어 보랬더니 자기나 실컷 먹으란다. 아내의 눈에도 내가 이상하게 보였을 것 같다. 싸구려 과자를 맛있게 먹고 있으니 말이다. 장모님만 한두 개 집어 잡수셨다. 나는 지금도 호떡을 좋아한다. 호떡집이 있으면 그냥 지나치지 않는다. 대전에서 자취 시절 먹었던 기억이 나서다. 그때 얼마나 맛있었는지 모른다. 아내도 백화점에 나갔다가 호떡을 보면 사온다. 충청도에도 눈이 많이 왔다고 한다. 모레 성묘길이 미끄러우면 안 되는데. 고향 가는 설렘으로 오늘도 신나게 시작한다.

휴넷 오풍연 이사의 행복일기

*

새벽

걷기 전도사를 자처한 바 있다. 실제로 걷기는 내 생활에서 빼놓을 수 없다. 1년 365일 중 350일은 걸을 게다. 비가 억수로 오는 날을 제외하곤 무조건 걷는다. 거기에 이유가 있어선 안 된다. 추위 따위는 이유가 되지 않는다. 옷을 두껍게 껴입고 나가면 된다. 새벽 역시 마찬가지. 요즘 나의 화두이기도 하다. 10번째 에세이집 '새벽 찬가'도 같은 맥락. 새벽을 가장 많이 얘기한다. 때문인지 새벽을 강의해달라는 요청이 들어왔다. CEO 대상이다. 오는 3월 24일 저녁 부산에서 CEO를 대상으로 특강을 해달란다. 마침 대구에서 강의를 하는 날이라 마치고 부산으로 가면 될 듯하다. 80여 명이 참석한다고 했다. 나만큼 새벽을 즐기는 사람도 많지 않을 것으로 본다. 결국 새벽이 나에게 기회를 제공한 셈이다. 최근 강의에선 크게 4가지를 얘기한다. 새벽, 정직, 실천, SNS가 그것이다. 모두 내가 행하고 있어 거짓은 아니다. 언행일치라고 할까. 오늘 새벽도 이처럼 기분 좋게 출발한다.

통풍 때문에

어제 고향에 잘 다녀왔다. 옥의 티라면 통풍이 다시 도져 올라오면서 고생을 했다는 것이다. 집을 나설 때 왼쪽 새끼손가락이 조금 쑤시는 듯했다. 그러나 괜찮아지려니 생각했던 게 잘못이었다. 성묘를 마치고 대천으로 나가 점심 식사를 하는데 왼쪽 손목 부위도 아파 왔다. 통풍은 이처럼 부위를 옮겨 다니며 아픈 것이 특징이다. 아침에 비상약을 먹고 가려다 포기한 게 실수였다. 삼성동 여동생 집에서 차를 몰고 당산동 집으로 오는데 더 쑤셨다. 운전하는 것도 불편했다. 집에 도착해 약부터 챙겨먹었다. 이런 때를 대비해 비상약을 항상 준비해 두고 있다. 통풍은 약을 챙겨먹을 경우 바로 효과가 나타난다. 쿡쿡 쑤시고 아픈 것은 다소 나아졌다. 자고 일어났더니 한결 부드러워졌다. 컴퓨터 자판도 두드릴 수 있다. 새벽 2시에 일어나 사과 1개, 봉지 커피 1개로 아침 식사를 하고 약도 먹었다. 통풍의 원인은 잘 모르겠다. 지난해 2월 3일 이후 술은 한 모금도 입에 안 대고 있다. 그런데도 아주 가끔씩 통풍이 찾아온다. 지금까지 서너 차례 그랬던 것 같다. 통풍

은 바람만 스쳐도 아프다고 한다. 실제로 통증이 아주 심하다. 의학적으론 요산 수치가 높을 때 나타나는 증상이다. 낮에는 활동하는 데 무리가 없을 듯싶다. 그나마 내가 증상을 알기에 다행이다. 결론은 딱 하나. 아프지 말자.

절주가 미덕이다

연말정산을 하느라 2015년 카드 사용 내역을 뽑았다. 총 액수를 보고 나도 반신반의 했다. 최근 몇 년 사이 가장 적게 나왔다. 내 카드의 용처는 거의 똑같다. 밥값, 커피값, 술값, 기름값, 대중교통요금이 전부다. 그런데 지난해보다 400만 원 가량 덜 나왔다. 이유는 딱 하나.

술을 끊은 결과다. 그만큼 술값을 아꼈다는 얘기다. 한 달 평균 30여 만 원 절약한 셈이다. 지난해 2월 3일 이후 술은 한 모금도 마시지 않았다. 통풍 때문이었다. 금주는 앞으로도 마찬가지. 오늘도 지인과 점심을 한다. 예전 같으면 점심 때 만나도 둘이 소주 3병은 기본. 더러 5~6병으로 늘기도 했다. 그러나 요즘은 밥만 먹는다. 그리고 차를 마신다. 술을 끊은 뒤로 생긴 가장 큰 변화다. 술을 마시지 않아도 사회생활 하는 데 큰 지장은 없다. 술이 꼭 필요하다고 주장하는 것은 핑계. 무엇보다 술은 건강을 해친다. 통풍도 결국 술 때문이었다고 생각한다. 술. 적당히 마시면 좋다. 한때 애주가였던 나의 충고다.

고향 가는 열차표 예매

겨울밤이 길긴 하다. 저녁 먹고 실컷 자고 일어났는데도 자정 전이다. 이런 날은 정말 하루가 길다. 하루 먼저 하루를 시작하기 때문이다. 그럼 어떠랴. 즐기면 된다. 설날 고향 가는 열차 표 끊는 날이다. 6시부터 예매를 시작한다. 세종에 차례 지내러 가야 하기 때문에 오송역 표를 끊는다. 오늘 못 끊으면 내일 끊어도 된다. 오송은 경부, 호남선이 모두 선다. 경부선은 오늘, 호남선은 내일 예매한다. 아들은 근무라서 함께 못 내려가고 나와 아내만 내려간다. 따라서 왕복 2장씩 끊으면 된다. 설 전날 오후 내려갔다가 차례를 지낸 뒤 점심까지 먹고 올라온다. 예전에 비해 교통편이 참 좋아졌다. 인터넷으로 예매하면 돼 굳이 역까지 안 가도 된다. 옛날에는 대부분 차를 가지고 내려갔다. 대전까지 가는 데 대여섯 시간은 보통. KTX가 개통된 뒤로는 대전까지 1시간, 오송까지 50분이면 오케이. 6시 되자마자 접속해야 원하는 시간대를 끊을 수 있다. 표 끊는 것도 재미다. 스릴이 있다. 더러 허탕을 칠 때도 있다. 오늘 그런 일은 없을 게다. 올 들어 가장 춥다고 한다.

'오풍연문학'이라면 믿을까

아침 식사를 마쳤다. 새벽 1시. 야참이지, 무슨 아침이냐고 할지도 모르겠다. 그러나 나에겐 분명 아침이다. 주먹보다 큰 사과 1개, 봉지 커피 1개가 전부다. 아파트 베란다에 놓아 둔 15kg짜리 사과 박스에서 꺼내 먹는다. 거의 혼자 먹다시피 하니까 꽤 오래 먹을 수 있다. 경북 청송 사과인데 정말 맛있다. 초등학교 친구가 사온 것. 아침 식사 후 가장 먼저 페북에 글을 올린다. 지금 쓰고 있는 글이다. 글이라고 하지만 거창할 것도 없다. 그냥 신변잡기. 내 스스로 문학이라고 일컫기도 한다. 글은 멋스럽고, 맛깔나야 한다. 하지만 내 글은 그것과는 거리가 멀다. 있는 그대로를 표현하다 보니 덜 정제된 느낌을 줄 터다. 다듬고 싶은 생각도 없다. 그것이 본래의 내 모습이기 때문이다. 오풍연의 순수(?)라고 할까. 10번째 에세이집 '새벽 찬가'는 나름 완결판이라고 볼 수 있다. 그것 역시 내 기준이다. 독자들은 어떤 평가를 내릴까. 겸허한 심정으로 출간을 기다린다.

만남, 그 자체로 좋다

오늘 내일 쉰다. 금요일도 격주로 쉬기 때문에 잘 활용하면 좋다. 주말에 할 수 없는 일을 하기 때문이다. 오늘도 마찬가지. 아세아항공직업전문학교 전영숙 이사장님과 점심을 하기로 했다. 전 이사장님도 바빠 시간을 맞추는 게 쉽지 않다. 마침 오늘 짬을 내주시겠단다. 점심은 을지로 입구 라칸티나. 내가 시내 나가는 길에 직접 모시러 간다. 올해 학교 운영 계획 등도 들을 수 있을 것 같다. 아세아학교는 전 이사장님이 경영에 참여하신 후 비약적 발전을 거듭하고 있다. 엄마처럼 섬세한 경영이 빛을 발한다고 할까. 방학 중에는 한가할 것 같지만 그렇지 않다. 이 기간을 이용해 집중적으로 시설투자를 한다. 때문인지 학교가 점점 새로워진다. 내일은 페친 겸 후배들과 저녁을 한다. 모두 페이스북에서 만난 친구들. 대기업 임원으로 있거나 자영업을 한다. 나까지 다섯 명. 먼저 여의도 회사에 모여 차 한 잔 나눈 뒤 저녁 장소로 옮길 계획이다. 나는 다 만나 잘 아는 사이지만 넷은 처음 보는 친구도 있다. 이런 것이 사람 사는 재미 아닐까. 만남의 효과다.

안 아픈 게 최고

지인의 가슴 아픈 소식을 들었다. 부인이 말기 암 판정을 받았다고 했다. 항암 치료도 거의 불가능하단다. 늦둥이를 봤다고 좋아하던 표정이 떠올랐다. 그 늦둥이는 이제 초등학교 저학년일 듯싶다. 어떻게 이런 일이 생길까. 병이 때론 불가항력적일 수 있다. 예고 없이 찾아오기 때문이다. 그래서 종합검진이 꼭 필요하다. 매년 정기적으로 검사를 받으면 미리 발견할 수도 있다. 그것을 후회하면 손을 쓸 수 없다. "설마 무슨 일 있겠어?" 하면서 방심했던 것이 화를 불러오는 것이다. 어떤 암이든지 초기에 발견하면 치료가 가능하다. 내가 주례사를 하면서 꼭 당부하는 말이 있다. "부부의 건강도 중요하지만 부모님 건강도 꼭 챙겨드려야 합니다. 1년에 한 번씩 정기검진을 받도록 하십시오." 정작 나도 그렇게 하지 못했다. 어머니도 8년 전 신장암으로 돌아가셨다. 발견했을 때는 이미 퍼져 손을 쓸 수 없었다. 사람이 안 아플 수는 없다. 조금이라도 이상하다 싶으면 병원으로 달려가야 한다. 때를 놓치면 병이 커진다. 안 아픈 게 최고다.

정말 춥다

　바깥 날씨가 정말 춥다. 살을 에는 추위란 이런 날씨를 두고 말하는 것 같다. 저녁 9시 30분쯤 잤다가 새벽 12시 50분에 일어났다. 집 근처 커피숍에서 일하는 아들을 데리고 왔다. 녀석은 새벽 1시에 일이 끝난다. 차량 외부온도를 보니까 영하 14도. 이런 기온은 처음이다. 아침엔 더 떨어진다고 한다. 때문인지 거리에 사람은 거의 보이지 않는다. 손님을 기다리는 택시만 여러 대 서 있다. 몇 년 만에 찾아오는 한파라고 했다. 오늘은 일요 근무. 남쪽 지방에는 눈도 많이 온다고 했다. 분명 기상이변이다. 우리나라만 그런 것이 아니고, 미국과 중국도 추위와 눈 때문에 난리다. 영하 50도까지 내려간다니 상상이 안갈 정도다. 그래도 인간은 버티어 낸다. 만물의 영장답다. 이제 동장군도 물러났으면 한다. 그리 될까.

가족과 건강

요즘 나의 화두는 가족과 건강이다. 둘 다 아무리 강조해도 지나치지 않다. 가족 구성원을 떠난 나는 생각할 수 없다. 아내와 자식이 첫째다. 그 다음은 형제자매. 부모님이 안 계시기에 그렇다. 장모님을 모시고 사는 것만으로도 행복하다. 형제도 자주 안 만나면 사이가 멀어진다. 남과 다를 바 없다는 얘기다. 따라서 틈나는 대로 만나는 것이 좋다. 피를 나눈 형제 이상의 관계는 없다고 본다. 자주 만나야 우애도 돈독해진다. 내가 바라는 바다. 건강은 자기가 챙길 수밖에 없다. 겉으로 건강해 보였던 사람이 갑자기 쓰러지는 경우도 본다. 건강을 제대로 관리하지 못한 결과다. 몸에 이상신호가 오면 즉시 체크해야 한다. 그래야 큰 병으로 이어지지 않는다. 추위 때문에 산책을 거르니 몸도 근질거린다. 한파가 하루 이틀 더 지속될 것이라는 예보다. 그래도 봄은 올 터다.

멋지게 살고 싶다

나는 숫자를 참 좋아한다. 특히 3과 7. 연전에 700번째 팔로어가 생기면 작은 이벤트를 준비하겠다고 했다. 지금 보니까 689명이다. 빠르면 이번 주 안에 700명을 돌파할 수도 있을 것 같다. 700번째 주인공을 내가 알 수는 없다. 페친은 확인이 가능하지만 팔로어는 팔로어만이 알 수 있다. 700번째 팔로어 되는 분께서 연락을 주시면 좋겠다. 서울에 계시면 식사대접, 지방에 계시면 책을 보내드릴 계획이다. 나도 누가 될지 궁금하다. 참고로 3,333번째 페친은 조웅래 맥키스 컴퍼니 회장님. 숫자 덕인지 요즘 매우 잘 나가신다. 궁금하면 포탈에서 '조웅래' 이름을 한 번 쳐보시라. 재미란 이런 것이다. 숫자 하나에도 의미를 부여하면 나름 재미가 있다. 굳이 3이나 7이 아니어도 상관없다. 2면 어떻고, 8이면 어떻겠느냐. 사람마다 자기가 좋아하는 숫자가 있을 터. 그것에 의미를 두면 된다. 멋지게, 그리고 즐겁게 살자.

이제 철원도 내 고향

1월 마지막 날이다. 올해도 한 달이 지난 것. 왜 이렇게 세월이 빨리 가나. 붙잡을 수 없는 것이 시간이기도 하다. 어제 철원에 갔다가 저녁까지 먹고 왔다. 이경순 대표님 아버지로부터 파란만장했던 얘기를 들을 수 있었다. 한 편의 파노라마 같았다. 여장부 기질의 이 대표님도 부친의 그런 피를 이어받지 않았나 생각된다. 어머니는 81세, 아버지는 84세다. 우리 부모님은 34년생 개띠 동갑내기셨다. 두 분 모두 살아계셨다면 83세. 이 대표님 부모님을 뵈면 생전의 어머니, 아버지를 뵈는 것 같다. 아버님이 여러 말씀을 하셨지만 유독 한 대목이 생각난다. 돈을 많이 벌 필요가 없다는 것. 다시 말해 돈이 많다고 행복한 것은 아니라고 말씀하셨다. 세끼 밥 먹고, 살 집만 있으면 된다고 하셨다. 아버님보다 훨씬 덜 살았지만, 내가 생각하고 있는 바이기도 하다. 실제로 아무리 돈이 많다 한들 죽을 때 가지고 갈 수 없다. 이 대표님 아버지는 사업도 하셨던 분이다. 큰돈을 벌 수 있는 기회도 있었다고 하셨다. 하지만 그렇지 않았던 게 다행이라고 말씀하셨다. 지금은 철원에서 두 분이 멋지게 노후를 보내신다. 서울 생활을 청산하고 20년 전 철원군 동송읍 양지리에 자리를 잡으셨다. 그 유명한 백골부대 3사단이 있는 곳이다. 집 근처에 두 분이 묻히실 자리도 잡아놓으셨다. 철원이 제2의 고향인 셈. 저녁까지 얻어먹고 나오는 나에게 가래떡과 계란도 싸 주셨다. 두 시간 만에 서울 집까지 올 수 있었다. 새봄엔 아내와 함께 또 인사드리러 갈 생각이다. 이제 철원은 나에게도 고향과 같은 기분이 든다. 두 분의 건강을 빈다.

2月

내 도전은 진행형

　꼭 1년 전 오늘 재능기부를 한 적이 있다. 취업 카페인 '스펙업'에서 '기자/PD 스터디'를 강의하기 위해 녹화한 것. 인터넷 강의를 시작하게 된 계기다. 모두 10회 분량이다. 1회 분량 당 20분 안팎. 타이틀은 '기자/PD 스터디'이지만 자신감과 도전정신을 강조했다. 공부는 자기가 하는 것. 누가 팁을 좀 준다고 해서 큰 도움이 되지 않는다. 대신 '나는 할 수 있다'는 자신감이 필요하다. 그래서 강의의 90%를 이 대목에 할애했다. 그럼 나에게 이런 질문을 던질 수도 있다. "자신감을 강조하는 당신은 자신감이 있느냐."고. 그 대답은 확실하다. "있다."고 자신 있게 얘기할 수 있다. 내가 가진 것이라곤 자신감밖에 없다. 뭐든지 도전한다는 얘기다. 인터넷 강의도 그랬다. 한 번도 안 해 보았지만 강의 요청을 받고 바로 오케이를 했다. 녹화를 하면서 귀중한 경험을 얻을 수 있었다. 내 나이 올해 57살. 나이로 따지면 현역에서 은퇴할 때쯤 됐다. 그러나 의욕은 더 앞선다. 자신감도 충만하다. 무슨 일을 낼 것도 같다. 두려움이 없기 때문이다. 나의 도전은 진행형이다.

낮에 여유작작한 이유

　나는 낮에 여유가 좀 있는 편이다. 남들이 한참 일할 때도 다소 느긋하다. 누가 보면 일 않고 논다고 할 수 있을 정도다. 이런 패턴은 새벽을 즐기기에 가능하다. 남은 내가 새벽에 무엇을 하는지 모를 게다. 낮에 할 일을 새벽에 나눠한다고 보면 된다. 논설위원의 본업은 사설과 칼럼을 쓰는 것. 상대방을 알아야 지지 않는 법. 다른 사람이 쓴 사설과 칼럼도 봐야 한다는 얘기다. 그래야 자기만의 색깔을 낼 수 있다. 모든 신문의 사설을 꼼꼼히 챙긴다. 그 다음 날짜 사설이 전날 오후부터 올라온다. 조선일보가 가장 늦다. 조선일보는 당일 새벽 3시 20~30분가량에 올린다. 내가 한참 새벽에 일할 때다. 그러니까 새벽 4시 전에 신문 전체를 본다고 할 수 있다. 그런 만큼 회사에 출근해도 상대적으로 여유가 있는 셈이다. 논설위원의 교과서 역시 신문이다. 신문에 답이 있다고 해도 과언이 아니다. 신문을 가까이 할 수밖에 없는 이유랄까. 오늘 저녁에는 광화문에 나간다. 나눔 회원들과 저녁. 모임 역시 기대된다.

페북 전도사

기분 좋게 하루를 연다. 어젠 나눔 회원들과 저녁을 하고 늦게 들어 왔다. 자정쯤 자고 3시 40분 일어났다. 오늘은 모스크바에서 바이올린 유학 중인 현아와 첫 인사를 나눴다. 올해 19살이라고 한다. 만 9년째 유학 중이라니 어린 나이에 대견스럽다. 아직 얼굴은 못 보았지만 매우 착할 것 같다. 메시지를 주고받다 보면 대충 알 수 있다. 한국에 나오면 꼭 만나기로 했다. 지금 엄마가 현지서 뒷바라지를 하고 계신단다. 두 모녀의 모습이 눈에 선하다. 현아는 독일로 대학진학을 할 계획이라고 했다. 반드시 꿈을 이루리라고 본다. 불가능을 가능한 현실로 만드는 게 인간이다. 나도 멀리서 현아를 성원한다. 요즘 중학생 페친도 더러 있다. 친형님이 충북 오송 중학교에 계신데 제자들이 친구 신청을 해온다. 5,000명이 꽉 차 더 받을 수 없어 아쉽다. 이처럼 페북은 세대를 초월한다. 누구와도 대화를 할 수 있어 유익하다. 나눔 회원들에게도 페북의 유용성을 또다시 설파했다. 페북 전도사라고 해도 되지 않겠는가.

인생 2막은 어떻게

　고등학교 동기들과 여의도 모임을 가졌다. 매달 첫 주 목요일 점심 때 만나는 '일목회'. 여의도와 근처에 근무하는 동기들이 모인다. 주로 금융업에 종사하는 친구들. 그런데 대부분 현직을 떠나 몇 안 남았다. 우리가 늙었다는 얘기. 모두 한 친구의 얘기를 귀담아 들었다. 그 친구는 충남 아산이 고향인데 귀촌을 구상 중이라고 했다. 고향에서 텃밭 농사를 지으며 보내겠다는 것. 고등학교 다닐 때도 굉장히 성실한 친구였다. 이달 말 퇴직한다. 1년 정도 서울에서 영농대학 등을 다닐 계획이란다. 준비를 철저히 한 뒤 내려가겠다는 뜻이다. 누구든지 비슷한 꿈을 꾼다. 특히 시골 출신들은 더 그렇다. 나는 고향에 내려갈 생각은 없지만 서울을 떠나고 싶은 생각이 있다. 만약 내려간다면 강원도 춘천이나 제주도 서귀포 쪽이 될 것 같다. 그러나 낙향도 여건이 맞아야 가능하다. 어쨌든 일할 수 있을 때까지는 뛰려고 한다. 따라서 내 마음속의 정년은 없다. 일단 70세를 마지노선으로 삼고 있다. 건강이 받쳐 주는가도 문제. 건강해야 일도 할 수 있기 때문이다.

바보들의 만남

바보를 자처한다고 말한 바 있다. 나는 바보라는 말이 참 좋다. 누가 나보고 바보 같다고 하면 칭찬으로 돌린다. 내가 바보를 좋아하는 이유는 딱 한 가지. 바보는 순진하기 때문이다. 거짓말도 못하고, 있는 그대로를 믿는다. 내가 추구하는 바이기도 하다. 어제 동갑내기 친구들과 점심을 하고 차도 마셨다. 나랑 성향이 비슷한 친구들이다. 그래서 내가 즉석에서 긴급제안을 했다. 바보 모임을 하나 만들자고 했다. 이름 하여 '바보회'. 그 첫 모임을 3월 11일 여의도에서 갖기로 했다. 초기 멤버는 4명. 넷 다 나와 동갑이다. 엄격(?)한 심사를 거쳐 바보를 더 영입할 생각이다. 바보를 자신하는 페친이 있으면 연락하기 바란다. 요즘 같은 세상에서 바보는 세상을 밝게 해주는 보석이다. 왜냐하면 거짓이 판치고 영악한 사람이 많기 때문이다. 지금 하고 있는 모임의 작명도 대부분 내가 했다. '청춘회', '여백회', '오오회' 등이다. 모임마다 나름 의미가 있다. 바보회도 영원할 것 같은 느낌이 든다. 어울려 사는 세상. 아름답게 가꾸자.

2月7日

바보처럼 살자

'바보회'에 대해 말씀을 드렸다. 많은 페친께서 관심을 보여주셨다. 사실 아직 한 번도 만나지 않은 모임이다. 다음 달 11일 첫 모임을 가진다. 창립 멤버는 4명. 모두 60년생 쥐띠 동갑내기다. 기왕 만날 거라면 모임을 결성하자는 취지에서 만들었다. 한 친구가 기꺼이 총무를 맡아주기로 했다. 모든 모임이 그렇듯이 이렇게 출발한다. 특히 여자분 3명은 가입 의사를 밝히기도 했다. 우리나라 남자들은 상대적으로 덜 적극적이다. 1년에 한두 번씩 페친들을 초청해 자리를 함께 할 때도 마찬가지다. 남자들은 나온다고 했다가도 막판에 사양하는 분들이 적지 않다. 그러나 여자들은 씩씩하다. 나는 그런 모습이 좋다. 화끈한 사람들. 내가 주도적으로 하는 모임은 나름 원칙이 있다. 나를 포함해 8명을 넘지 않는다는 것. 식당 테이블 기준이다. 두 테이블을 넘으면 함께 대화를 나누기 어려워진다. 그래서 8명 이내를 고집한다. 이번 '바보회'도 그렇게 짤 생각이다. 어떤 분들과 인연이 이어질지 궁금하기도 하다. 이런 설렘은 삶을 윤택하게 한다. 내가 사는 방식이기도 하다.

부부간에도 첫 번째가 믿음

부부간에도 비밀이 있을까. 나는 없어야 한다고 생각한다. 남을 100% 믿는 나로선 상상할 수 없는 일이다. 남도 믿는데 하물며 아내를 믿지 못하는 설정은 성립될 수 없기 때문이다. 우린 1987년 결혼하면서부터 그렇게 살아 왔다. 내가 무슨 일을 하든, 아내가 무슨 결정을 하든지 서로 존경한다. 둘 다 인격체인데 상대방을 실망시킬 일은 안 한다고 자신하는 까닭이다. 그런 아내가 고맙기도 하다. 최근 웃지 못할 에피소드도 있었다. 내가 한 지인과 다정하게 찍은 사진을 페북에 올렸다. 이를 본 사람들이 한마디씩 했다. 그래도 괜찮느냐는 것. 오해하지 않느냐고 걱정했다. 염려를 붙들어 매어도 된다는 게 나의 대답이다. 아내에게 이런 일이 있었다고 전했다. 그랬더니 대답이 걸작이다. "그렇게 자신 없으면 어떻게 살아요." 다시 말해 나를 믿는다는 얘기다. 남녀 간의 일은 이상하게 보는 경향이 있다. 일전에도 한 번 말한 바 있다. 나는 남녀의 개념이 따로 없다고. 어떤 사람이든지 만날 수 있는 나만의 원칙이다. 나는 박애주의자를 자처한다. 앞으로도 변함이 없다.

웃자

"젊었을 땐 꽤 미남이셨겠어요." 어제 아침 아파트 엘리베이터 안에서 들은 말이다. 나이 지긋한 아주머니가 타시더니 이 같은 말을 했다. 글쎄. 내가 스스로 잘 생겼다고 생각해본 적은 없다. 다만 인상 좋다는 얘기는 종종 들은 기억이 있다. 웃는 얼굴에 침 못 뱉는다고. 항상 웃으니까 그런 얘기를 듣는지도 모르겠다. 나는 인상도 변하고, 가꿀 수 있다고 본다. 학생들에게 종종 강의하는 내용이기도 하다. 다시 말해 많이 웃어야 한다는 얘기다. 웃으면 얼굴이 밝아진다. 돈이 들어가는 것도 아니다. 남이 볼 때도 좋다. 그런데도 얼굴을 찡그리고 사는 사람들이 많다. 뭔가 불만이 가득한 얼굴이다. 이런 얼굴은 아무리 잘생겨도 평가를 받지 못한다. 나의 웃음 철학이라고 할까. 많이 웃으면 입꼬리가 위로 올라간다. 항상 스마일이다. 웃자.

명분

무릇 일에는 명분도 중요하다. 다시 말해 당위성이 있어야 한다는 얘기다. 그런데 그것을 헌신짝 버리듯 하는 사람들도 적지 않다. 목적을 위해서라면 수단과 방법을 가리지 않는 사람들이다. 특히 정치인에게서 많이 본다. 그들은 당선이 곧 지상과제다. 남이 그렇다면 나는 어떤가. 항상 자기 자신에게 물어야 한다. 그럼 답이 나온다. 나 역시 명분을 많이 생각한다. 이 대목에서 가장 고려하는 게 의로움이다. 옳으냐가 판단의 중심이다. 의롭지 않으면 행하지 않으려고 노력한다. 나도 사람이기 때문에 단정적으로 말하는 것은 위험하다. 그래서 '노력'이라는 단어를 자주 쓴다. 노력하면 아니하는 것보다 낫다고 판단하기 때문이다. 욕심을 버리고, 마음을 비운 것도 같은 맥락이다. 무언가 꼭 해야 되겠다고 하면 유혹에 흔들릴 수도 있다. 그럼 의롭지 않은 행동도 할 수 있다. 지금은 거의 모든 것을 내려놓았다. 현재로 만족한다는 뜻이다. 밥 세끼 먹고, 건강하다. 더 바란다면 과욕이다.

오늘이 중요한 이유

또다시 오늘을 시작한다. 내가 살아 있다는 방증이다. 나는 오늘만큼 좋은 게 없다. 어제는 생각하지 않는다. 과거이기 때문이다. 내일도 생각할 필요가 없다. 오늘 최선을 다하면 내일이 온다. 나는 상대적으로 근심 걱정이 적은 편이다. 어제와 내일을 생각하지 않아서 그렇다. 오늘을 치열하게 살면 그럴만한 여유도 없다. 오늘 최선을 다해야 하는 이유다. 그런데 과거에 집착하는 사람들이 많다. 내가 왕년에 무엇을 했는데 하는 식이다. 과거 지향형이라고 할까. 그런 사람들은 발전이 없다. 과거는 과거일 뿐이다. 지금 현재가 더 중요하다. 그러려면 하루를 아껴 써야 한다. 시간을 허비해서는 안 된다는 얘기다. 내가 새벽에 일찍 일어나 하루를 일찍 여는 것과 무관치 않다. 시간은 바로 돈이다. 돈 아까운 줄은 알아도 시간 아까운 줄은 모른다. 시간이 마냥 있는 것도 아니다. 그것 또한 유한하다. 오늘은 대학 친구가 회사에 온다. 재학 시절 가깝게 지냈던 친구다. 살아 있으니까 이렇게 만난다. 삶은 즐겁다.

2月17日

9부 능선을 넘다

어젯밤 10번째 에세이집 '새벽 찬가' 내지 편집 초안을 받았다.
책 출간이 9부 능선을 넘었다는 얘기다. 이제 표지를 완성하고,
보완작업을 거치면 마무리된다. 산통의 끝이라고 할까. 모두 300
페이지였다. 편집이 깔끔하다는 인상을 받았다. 내가 행복에너지
권선복 대표님한테 부탁했던 터다. 그렇게 편집해야 새벽 이미지
와 맞는다고 생각했다. 편집자가 나름대로 공을 들인 흔적을 찾을
수 있었다. 글과 사진, 그림이 일치했다. 나는 원고만 넘겼을 뿐이
다. 이번 책은 두 자리 수라는 의미도 있다. 한 페친은 이런 댓글
도 남겼다. "늘 아침을 같이 마주해 좋습니다. 페북에 글을 올려놓
고 새 업데이트 글을 보면 늘 2~3시간 앞서 선생님의 글을 마주합
니다. 이 새벽을 지키는 횃불을 보는 듯합니다." 나에게 새벽은 절
대적이다. 무엇과도 바꿀 수 없는 나만의 존재라는 것이다. 실체
가 있는 것도 아니다. 그 새벽을 즐기고 사랑한다. 오늘 역시 마찬
가지다. 어제 오후부터 감기기운이 있어 약을 먹고 잤다. 그런데
도 콧물이 여전하다. 감기도 나의 적이 될 수는 없다.

어려운 작업

사람마다 취향이 다양하다. 어젯밤 10번째 에세이집 '새벽 찬가' 표지 시안 4개를 올렸다. 그리고 페친들의 의견을 구했다. 어느 하나로 통일되지 못했다. 그만큼 의견과 개성이 다양하다는 얘기다. 거기에 정답이 있을 수는 없다. 한 개를 선택하면 나름 이유가 있을 터. 나의 새벽은 좀 다르다. 통상 4~6시가 아니다. 내가 본격적으로 활동하는 시간은 1~3시. 운동도 새벽 3시에 주로 나간다. 그런 만큼 한밤이라고 할 수도 있다. 그래서 나는 어두운 밤에 달이 떠 있는 그림이 맨 먼저 다가왔다. "아, 이거구나." 물론 그것은 내 생각이다. 나는 역발상을 좋아한다. 동이 트는 새벽이 아니라 달도 함께 움직이는 밤을 좋아한다고 할까. 그 점에서 나는 1번을 골랐었다. 저자보다 출판사 측의 의견이 더 중요하다. 출판사 측은 독자들의 의견을 보다 중요시한다. 마케팅과도 관련이 있는 까닭이다. 이번 주말까지는 결론이 날 것이다. 마지막까지 고견을 주시면 좋겠다. 내 책은 페친들의 격려 속에 태어났기 때문이다.

행복한 하루

행복이 가까이 있음을 또다시 느꼈다. 서울 동대문 용두초등학교 졸업생들과 즐거움을 만끽했다. 이들의 요청을 받아들여 한강 산책로를 함께 걸은 것. 오전 10시 30분 영등포구청 벤치에서 만났다. 먼저 7명이 나왔다. 내가 아는 얼굴은 한 명도 없었다. 그러나 이심전심이랄까. 서로를 바로 알아보았다. 단톡방을 통해 대화를 나눴기 때문이다. 나의 안내로 걷기 시작했다. 맨 처음 도착한 곳은 목동교 밑 '오풍연 의자'. 벤치 하나만 덩그러니 놓여 있다. 볼품은 없다. 하지만 생명을 불어 넣으면 달라 보인다. 내가 이름을 붙인 것이다. 이어 양평교, 양화교를 거쳐 한강합수부 '오풍연 의자'에 도착했다. 중간에 1명이 더 합류했다. 그곳에서 기념촬영을 했다. 주말이라 사람들이 많았다. 모두들 어린아이처럼 좋아했다. 이제 여의도 방향으로 틀었다. 성산대교를 거쳐 선유도에 들렀다. 정말 예쁜 섬이다. 다시 걸음을 옮겨 양화대교-당산철교-파천교-여의도공원을 가로질러 식당에 도착했다. 허름한 식당. 순대국과 뼈다귀해장국으로 점심을 해결했다. 맥주, 막걸리,

소주, 콜라, 사이다를 취향에 맞게 한두 잔씩 마셨다. 일행을 모시고 여의도 신문사 사무실로 갔다. 졸저『오풍연처럼』도 한 권씩 드렸다. 오늘 걸은 거리는 대략 12~13km 정도 될 듯하다. 정각 5시에 해산했다. 나는 동생 8명을 얻은 셈이다. 모두 해맑았다. 이들 덕분에 동심으로 돌아간 하루였다. 인생은 짧다. 그렇다면 살아 있는 동안 즐겁게 살자.

내가 더 부끄럽소

부재 중이시네여. 타이밍을 놓쳐 전화가 늦었습니다. 어제 귀한 시간 내 주어 오손방 친구들에게 티와 밥까지 대접해주신 진정성과 사교성에 감동을 받았고 존경심마저 듭니다. 문무를 겸비한 세종대왕 다음으로 존경하고 싶은 인물, 오풍연 샘이라고 이구동성으로 친구들이 얘기하더 군요. 소중한 인연 묶어준 샘의 리더십에 재차 감사드립니다.

지난 토요일 나와 함께 한강을 산책했던 서울 용두초 단톡방 에 올라온 글이다. 그날 참석하지 못했던 한 친구가 띄웠다. 부끄 럽다고 하지 않을 수 없다. 너무 과찬이다. 내가 사는 방식이 조금 다르기에 그렇게들 느낀 것 같다. 하지만 그것이 내 일상이다. 한 두 가지 얘기는 했다. 젊게 살려면 많이 웃고, 친절해야 한다. 무 엇보다 실천이 중요하다는 뜻이다. 그들과 나는 같이 늙어간다. 샘선생님이라는 표현도 어울리지 않는다. 서로 얼굴을 모르기에 처음 표현이 그랬다. 내가 그들보다 나이를 조금 더 먹었을 뿐이 다. 인생이란 그렇다. 마음 맞는 사람끼리 어울려 잘 지내면 된다.

행복이 따로 있나요

오늘은 사과 대신 바나나로 아침을 때웠다. 부엌에 있는 바나나가 먹음직스러워 보였다. 안산 현불사에서 내 생일 불공을 드리고 가져온 것. 지난 20일 서울 용두초 졸업생들과 한강을 산책하던 날 아내와 장모님은 현불사에 갔었다. 나는 이들과의 선약 때문에 함께 가지 못했다. 불공을 드리고 나면 보살님이 떡과 과일 등을 싸 주신다. 오늘 저녁 때 10번째 에세이집 『새벽 찬가』를 받는다. 벌써부터 가슴이 뛴다. 이미지 사진으로 봐선 예쁘게 나올 것 같다. 신간을 내 손에 넣는 순간 가장 기쁘다. 이 같은 기쁨을 10번이나 맛보니 나는 행복한 사람이라고 아니할 수 없다. 매번 입학고사를 치르는 것처럼 흥분된다. 저자가 느낄 수 있는 감동이라고 생각한다. 어제 밤에는 뜻밖의 분으로부터 음성메시지를 받았다. 인터넷 검색을 하다가 나를 발견했다면서 흥분된 목소리로 연락이 왔다. 아주 유명한 다큐멘터리 감독이었다. 얼리 버드를 좋아하는데 그 중 내가 눈에 띄었단다. 내가 얼리 버드는 맞다. 가장 일찍 일어나는 축에 들지도 모른다. 새벽 1~2시 기상은 그리

흔하지 않을 터. 오늘 낮에 그분을 만나 점심을 함께 하기로 했다.
나는 뒤로 미루는 일이 별로 없다. 시간이 맞으면 누구든지 바로
만난다. 속전속결형이라고 할까. 그런 만큼 뭐든지 빨리 한다. 기
사나 글도 마찬가지. 이젠 나의 트레이드마크가 되다시피 했다.
오늘도 행복한 하루가 될 듯하다.

고마운 분들

막 일어났다. 다시 감기가 도져 약을 먹고 잤다. 목이 칼칼하고 조금 아팠다. 감기가 나았으려니 생각하고 약을 계속 먹지 않은 게 잘못이었다. 밤새 이강국 생명피디님이 나에게 엄청난 선물을 주셨다. 유튜브 동영상을 3개나 만들어 올리셨다. 나도 깜짝 놀랐다. 어제 처음 회사에 오셔서 이런 저런 얘기를 나누었는데 그것이 작업이었다. 역시 직업은 속일 수 없는 듯 했다. 그냥 대화도 작품으로 다시 태어난 것. 멋진 영상을 보여주셨다. 내가 새벽마다 걷는 안양천과 한강도 보였다. 더군다나 10번째 에세이집 『새벽 찬가』 출간기념에 딱 맞았다. 더 이상 좋은 선물이 있을 수 없다. 거듭 감사드린다. 지난 토요일 나와 함께 한강을 걸었던 서울 용두초 페친도 케이크 교환권을 보내주셨다. 모두 예상하지 못했던 일들이다. 나만 행복을 독차지하는 것 같아 미안한 생각도 든다. 세상에는 이처럼 아름다운 마음을 가진 사람들이 있다. 오늘은 우리 부부가 가장 존경하는 오성회 회장님과 점심을 한다. 책을 가장 먼저 드릴 수 있어 좋다. 기분 좋게 새벽을 연다.

생일

57번째 생일이다. 음력으로 정월 18일. 살아 있음에 감사함을 다시 한 번 느낀다. 그래서 지금 이 시간 페친들도 만날 수 있다. 올해 생일은 풍성하다. 먼저 10번째 에세이집 『새벽 찬가』를 선물로 받았다. 두 자리 수 의미가 있는 책이다. 10권의 책은 나의 분신과 같기에 무엇과도 바꿀 수 없다. 무엇보다 나를 이 세상에 보내주신 어머니께 감사드린다. 그러나 어머니는 안 계신다. 어제 초저녁에 자고 자정도 안 되었는데 일어났다. 가끔 이런 날도 있다. 졸리면 바로 자기에 그렇다. 자정 전에 일어나면 하루가 정말 길다. 하루 먼저 하루를 시작하기 때문이다. 페친께서도 좋은 하루되시라.

휴넷 오풍연 이사의 행복일기

*

감기, 우습게보지말자

　몸 상태가 많이 좋아졌다. 어젠 정말로 하루 종일 잠만 잤다. 아침 먹고 병원에 갔다고 온 것 말고 외출도 안 했다. 약을 먹은 것은 10일 전쯤부터였다. 나은 줄 알고 새벽운동도 하고, 여의도 공원도 걷곤 했다. 찬바람을 쐰 게 감기를 악화시켰던 요인인 것 같다. 나도 무쇠덩어리가 아니다. 오늘은 교보문고에 나가볼 생각이었다. 그러나 이마저도 취소했다. 내일 몸이 정상으로 돌아오면 나갈 참이다. 다음 주부턴 개강. 목요일 대구에 강의하러 내려간다. 한 학기가 시작된 것이다. 이번 학기엔 몇 명이나 내 강의를 들을지 모르겠다. 대경대서 2012년 9월부터 강의를 했으니까 8학기째 강의. 가르치는 직업이 추가됐던 셈이다. 강의 역시 내게 설렘을 안긴다. 주로 신입생 대상. 주말을 멋지게 보내시라.

2月
*
59

건강해야 할 이유

　4시간 자고 일어나면 거의 정상으로 돌아왔다는 얘기다. 어젠 8시 30분쯤 자고 12시 30분에 일어났다. 기침만 조금 난다. 가래도 나오지 않는다. 앞으로 당분간 새벽운동은 쉴 참이다. 아무래도 찬 공기가 영향을 준 것 같다. 역시 감기는 잘 먹고 쉬어야 떨어지는 병. 페친들이 이런저런 아이디어도 주셨다. 먼저 수분을 많이 섭취했다. 난 감기에 걸리면 배도 아픈 게 특징. 지금은 배가 안 아프다. 직장에서도 아프면 좋아할 리 없다. 아프지 말아야 할 이유다. 건강해야 일도 재미있게 할 수 있다. 오늘 병원 갔더니 3년 만에 왔다고 했다. 그동안 건강했다는 방증이다. 사실 걷기를 더 열심히 한 후 병원을 드나들지 않았다. 지난해 2월 통풍으로 2박 3일간 입원한 것을 빼면 완벽했다고 할 수 있다. 따라서 "건강해 보인다."는 말도 많이 들었다. 건강을 건강할 때 지켜야 한다. 새삼 강조할 필요가 없는 철칙이다.

2月
*

3月

베스트셀러작가

신뢰도가 제일 높은 것은 뭘까. 입소문이란다. 이른바 바이럴 마케팅이다. 그 다음 신문기사, 방송 순서. 따라서 광고주의 선호도도 달라졌다. 입소문을 전파하는 것은 SNS. 책도 마찬가지다. "그 책 한 번 읽어볼 만하다."는 평가를 받으면 롱런이 가능하다. 내가 입소문 좀 내달라고 부탁하는 이유이기도 하다. 페친들이 도와주신 덕에 10번째 에세이집『새벽 찬가』는 탄력을 받고 있다. 찾는 독자들이 점차 늘어나고 있다는 얘기다. 다시 한 번 감사드린다.

네이버 책에 들어가 검색하면『새벽 찬가』가 베스트셀러로 나온다. 책이 나온 지 열흘 만에 거둔 성과다. 이번에는 책 좀 사달라고 부탁하거나 알리지 않았다. 아주 소수에게만 근황을 알렸을 뿐이다. 3, 4월은『새벽 찬가』와 함께 할 참이다.

휴넷 오풍연 이사의 행복일기

이렇게 좋은 걸

오랜만에 1시 기상했다. 몸이 정상으로 돌아오고 있다는 청신호다. 감기와 폐렴으로 고생하기 전 기상시간이다. 몸도 예전처럼 가벼워졌다. 그래도 조심할 생각이다. 어제 부산지역 중소기업인 대상 특별강연 스케줄을 받았다. 오는 24일 롯데호텔부산 41층 에메랄드 룸에서 열린다. 내 강연시간은 오후 6시부터 7시 20분까지 80분간. 그 정도 강의해야 메시지도 충분히 전달할 수 있다. 강연 제목은 '도전하라, 거기에 길이 있다.' 크게 4가지를 얘기할 생각이다. 새벽, 도전, 실천, SNS. 내가 늘 강조하는 주제들이다. 부산롯데호텔도 십수 년 만에 간다. 2000년대 초 청와대를 출입할 때 1박을 한 뒤 처음이다. 당시 김대중 대통령님과 함께 부산지방 초도순시 차 내려갔었다. 그 때는 40대 초반. 이제는 60세를 바라보고 있으니 세월무상을 느낀다. 누구도 세월은 피해갈 수 없다. 그럼 어찌해야 하나. 무조건 즐겨야 한다. 최근 병원신세도 지고 보니 더 실감난다. 오늘 새벽도 굿이다. 멋진 하루되시라.

'도전하라, 거기에 길이 있다'

대구에 강의하러 내려가는 날이다. 좀 늦게 일어나려고 했는데 너무 일찍 깼다. 그럼 어떠랴. 장모님이 아침을 꼭 챙겨주신다. 4시 30분쯤 아침을 간단히 먹고 씻은 뒤 5시 15분에 집을 나선다. 서울역에서 5시 45분 출발하는 경산행 KTX를 탄다. 경산역에는 7시 52분 내린다. 학교 직원이 경산역에 기다렸다가 나를 태워 대경대까지 간다. 학교엔 8시 30분쯤 도착한다. 이번 학기 강의 제목은 글쓰기. 내 전공이라고 할 수도 있겠다. 그러나 글쓰기만 가르치지 않는다. 지난 학기처럼 자신감과 도전정신에 대해서도 강의할 계획이다. 글쓰기보다 더 중요하다고 여기기 때문이다. 요즘 젊은이들은 너무 자신감이 없다. 학교를 졸업해도 취직이 안 되니 그럴 수도 있다. 자신감이 있으면 다르다. 뭐든지 도전할 수 있는 까닭이다. '나는 할 수 있다'는 자세가 중요하다. 57세인 나도 끊임없이 도전하고 있다. 따라서 젊은이들은 더 도전적이어야 한다. 인생은 도전의 연속이다. 도전을 즐길 줄 알아야 작은 성취라도 맛본다. '도전하라, 거기에 길이 있다.' 내가 자주 쓰는 슬로건이다.

좋은 스승을 다짐한다

폐렴 완치 소식을 들어서 그런지 꿀잠을 잤다. SBS 8시 저녁 종합뉴스를 보다가 자러 들어갔다. 9시 전에 잤던 것. 새벽 2시 조금 넘어 기상했다. 그러니까 5시간 이상 푹 잔 셈이다. 때문인지 기분도 좋다. 어제 대구 강의는 최선을 다했다. 몇몇 학생은 눈빛이 달랐다. 이젠 그들의 눈빛만 봐도 알 수 있다. 앞에 앉는 학생들이 훨씬 적극적이다. 그런데 강의실은 뒤부터 찬다. 신문사 기자들을 상대로 한 강의도 마찬가지다. 기왕이면 앞에 앉아 열심히 듣는 것이 좋다. 이를 모를 리 없을 텐데도 자꾸 뒤로 간다. 오늘은 아세아항공직업전문학교에서 특강을 한다. 이번 학기 10시간. 격주 쉬는 금요일마다 학생들을 찾아간다. 전영숙 이사장님과 박지연 교수도 오늘 뵙기로 했다. 박지연 교수는 페친. 그 인연으로 이사장님을 알게 됐고, 강의도 하게 된 것이다. 아세아 학생들은 생활력이 강하다. 그래서 취직률도 높다. 그들에게도 좋은 스승이 되고 싶다.

또한주

이제 정상으로 돌아온 듯하다. 이 시간에 일어나 글을 쓰고, 인 터넷을 검색하면 정상이다. 주치의 선생님이나 지인들도 조금 늦 게 일어날 것을 권유한다. 그러나 몸에 밴 습관이라 달라지지 않 는다. 새벽 1~2시 기상. 하지만 몸이 가뿐하다. 근 한 달간 몸이 무거워 고생했다. 폐렴은 다시 생각하기조차 싫다. 이번 주 역시 서울에서의 외부 약속은 없다. 목요일 대구 강의 내려갔다가 부산 특강까지 해야 한다. 부산에서 4,444번째 페친인 정주영 님을 만 나기로 했다. 2014년 늦가을 인연이 닿았던 분이다. 한두 번 뵐 기 회가 있었는데 시간이 맞지 않아 못 뵈었다. 부산에서 기아대책기 구 활동을 하시다 저녁 6시부터 7시 20분까지 강의라 그 전에 뵙 기로 했다. 페친 몇 분과 더 연락이 닿으면 자고 새벽에 올라올 생 각도 있다. 일단 24일 밤에 올라오는 표는 끊어 놓았다. 몸이 회 복되니까 이 같은 활동도 할 수 있다. 이번 주도 힘차게 시작한다. 해피 윅스.

나에게 불가능은 없다

나에게 불가능은 없다. 내 생활신조이기도 하다. 내 입에서 노가 거의 나오지 않는 이유다. 인간의 능력은 거의 무한대다. 못하는, 안 되는 일이 없을 정도다. 노력하면 목표점에 다다를 수 있다는 얘기다. 그러려면 포기하지 말아야 한다. 매사를 부정적으로 보면 발전이 없다. 안 된다는 것을 전제로 깔고 있기 때문이다. 초긍정주의자라는 말을 듣는 편이다. 안 된다는 생각을 가져보지 않았다. 여기서 가장 중요한 게 자신감과 도전정신이다. 자신감이 없으면 지고 들어간다. "할 수 있다."는 자신감으로 무장해야 한다. 학생들에게도 한 학기 내내 이 점을 강조한다. 그리고 하루아침에 되는 일은 없다. 다시 말해 끈기가 있어야 한다는 뜻이다. 해보지도 않고 포기하는 경향이 있다. 안 되는 이유는 100가지도 더 댈 수 있다. 따라서 이유를 대는 사람이 싫다. 오늘 새벽도 이렇게 출발한다.

3月25日

강의, 그리고 아쉬움

이 시간까지 안 자는 경우는 거의 없다. 부산에서 중소기업 CEO들을 대상으로 특강을 마치고 자정쯤 서울 집에 도착했다. 평소 같으면 한참 잘 시간이다. 한 달에 한 번 있을까 말까 한다. 당초 50명쯤 된다고 했는데 75명이 참석했다. 모두 열심히 들었다. 그럴수록 더 신나게 강의할 수 있다. 새벽, 도전, 실천, SNS에 대해 강의를 했다. 서울 올라오는데 메시지를 주신 분도 있었다. "오늘 강의 힘이 되네요. 2등에서 1등으로 변화할 계기를 만들었으니", "선배님의 삶은 따라갈 수 없겠으나 좀 더 열정을 가지고 노력하는 삶 살아가겠습니다고려대 후배 CEO." 강의에 반응이 있다는 얘기다. 특히 역발상과 차별화를 강조했다. 지금보다 기업을 더 키우기 위해 꼭 필요한 대목이다. 남과 같아서는 성공을 거둘 수 없다. 75분쯤 강의를 했는데 시간이 부족했다. 강의를 하다 보면 늘 아쉬움이 남는다. 그래도 서울 올라오는 발걸음이 가벼웠다. 오늘 하루도 이렇게 마감한다.

오풍연은 괜찮은 놈?

　또다시 나에게 묻는다. "오풍연은 괜찮은 놈일까." 흔히 사람을 사귈 때 괜찮으냐는 말을 자주 쓴다. 괜찮음이 판단의 기준이 되는 것이다. 일단 괜찮다는 말을 들으면 잘 살아왔다고 할 수 있다. 그만큼 듣기 어렵다는 얘기이기도 하다. 내가 가장 신경 쓰는 대목이 있다. 행여 다른 사람을 불편하게 하거나 소홀히 한 적이 있느냐는 것. 새벽마다 글을 쓰면서 반성한다. 나도 사람이기 때문에 상대방을 100% 만족시킬 수는 없을 터. 대신 최선을 다하려고 노력한다. 아직 나쁜 놈이라는 얘기는 들어보지 않은 것 같다. 무엇보다 정직해야 한다. 특히 자기 자신에게 솔직할 필요가 있다. 그럼 상대방도 나를 신뢰한다. 누구든지 정직해야 된다고 입을 모은다. 하지만 실천은 별개다. 정직은 거짓말을 하지 않는 데서 출발한다. 그러나 거짓말을 하면서도 그냥 지나친다. 거짓이 일상화 돼서 그렇다. 다시 말해 '정직한 오풍연'이 나의 첫 번째 다짐이다. 오늘도 정직을 되새기면서 힘차게 출발한다. 모두 굿모닝!

정기검진

인하대병원에서 정기검진을 받는 날이다. 오전 7시 30분 예약이 되어 있다. 신문사와 계약을 맺은 병원이라 인천까지 가야 한다. 2012년 10월 입사 이후 두 번째 방문이다. 수면 위내시경까지 할 예정이다. 2년 전에는 장 내시경도 한 바 있다. 회사에서 이처럼 사원들의 건강을 챙겨주니 고마울 따름이다. 40대 이상은 1년에 한 번씩 꼭 정기검진을 해야 한다. 그럼 무슨 병이라도 미리 예방할 수 있다. 내가 주례사에서 강조하는 대목이기도 하다. 부모님도 정기검진을 시켜드릴 것을 당부한다. 의외로 건강검진을 소홀히 하는 사람들이 많다. 쉰이 넘도록 위 내시경이나 장 내시경을 하지 않은 이들을 본다. 이것은 용기가 아니라 무지다. 반드시 검사를 받아야 한다. 피 검사는 6개월에 한 번 정도 받는 것이 좋다고 한다. 사실 피 검사만 해도 몸의 상태를 대충 알 수 있다. 병원을 가까이 해서 나쁠 것은 없다. 인하대 병원 교수로 있는 고등학교 친구도 만나기로 했다. 유명한 유방 전문의다. 인천에 다녀와서 출근. 오늘 하루 나의 동선이다.

오풍연의 행복론

다시 오늘이다. 매일 맞는 날이지만 기분이 좋다. 새벽마다 들뜬다. 오늘은 무슨 일이 있을까. 또 누구를 만날까. 때문인지 출근길도 가볍다. 사실 약속은 없다. 그래도 기대된다. 3월은 극도로 조심했다. 퇴원 이후 몸이 정상으로 돌아오기까지 상당한 시간이 걸렸다. 나도 "나이가 들었구나." 하는 생각을 하게 됐다. 폐렴은 두 번 다시 기억하고 싶지 않다. 그 뒤 살아있음의 기쁨을 누리고 있다. 아프면 아무것도 할 수 없다. 그런데 병원 가면 아픈 사람 천지다. 몸이 성한 것만으로도 감사해야 한다. 최근 대한변협으로부터 원고청탁을 받았다. 나의 행복론에 관한 글을 써 보냈다. 지극히 간단하다. 잘 먹고, 잘 자고, 건강하면 된다는 것. 더 욕심을 내기에 문제가 생긴다. 마음을 비우자. 그럼 행복도 배가된다.

4月

결혼

20번째 주례를 서는 날이다. 예식장은 경기도 부천 상동. 올 들어서는 처음 선다. 특이한 경우다. 신랑이 48세, 신부가 50살로 두 살 연상인데 둘 다 초혼. 결혼을 생각하지 않다가 마음이 맞아 가정을 꾸리는 것 같다. 그런 만큼 얼마나 들뜨겠는가. 나이 든 총각, 처녀가 상당히 많다. 예전보다 결혼 연령도 늦어졌다. 30대 중반 처녀 총각도 수두룩하다. 나는 28살, 아내는 24살 때 결혼했다. 굉장히 빨리 결혼한 셈이다. 특히 아내는 대학 졸업하는 해 나한테 시집왔다. 24살은 아기나 마찬가지다. 일생에서 가장 중요한 게 결혼이다. 더 큰 일은 없다. 무엇보다 둘의 마음이 맞아야 한다. 그래야 백년해로할 수 있다. 나는 다시 결혼해도 지금의 아내와 할 터. 그만큼 아내를 사랑한다는 얘기다. 그러나 아내는 갸우뚱한다. 내가 성에 차지 않아 그럴 게다. 이처럼 100% 만족하는 부부는 많지 않다. 다시 말해 서로 이해하면서 살아야 한다는 뜻이기도 하다. 주례에 앞서 두 부부의 행운을 빈다.

이 세상에 공짜는 없다

나는 지금껏 잘 살아왔나. 가끔 이 같은 질문을 던져보곤 한다. 그래야 시행착오를 줄일 수 있다. 결론적으로 말해 후회는 하지 않는다. 적어도 열심히 살아왔다는 얘기다. 솔직히 나는 목표가 없다. 한 번도 목표를 세워보지 않았다. 욕심이 없다는 얘기를 듣는 이유라고 할까. 목표가 없으니 욕심을 앞세울 리 없다. 대신 하루하루 최선을 다한다. 분명한 믿음은 있다. 오늘 최선을 다하면 내일이 온다는 진리. 후회를 하지 않는 까닭이기도 하다. 하루를 정말 아껴 써야 한다. 시간이 무한정 있지 않기 때문이다. 나는 시간 관리에 철저한 편이다. 그냥 허비하는 시간은 별로 없다. 유식한 말로 시테크라고 한다. 시간을 절약하는 것이 중요하다. "나중에 하지, 뭐."라고 하는 사고가 가장 위험하다. 바로 당장, 지금 해야 한다. 뒤로 미루지 말라는 뜻이다. 나는 4시간 취침, 20시간 활동을 원칙으로 한다. 남보다 하루를 길게 쓰는 셈이다. 그 결과로 작은 성취를 맛볼 수 있었다. 이 세상에 공짜로 되는 일은 없다. 공을 들인 만큼 좋은 결과를 얻는다. 세상의 이치다.

바보당

　오늘 저녁 바보당 첫 모임이 있다. 동갑내기 친구 넷이 만든 결사체라고 할 수 있다. 정치판을 빗대 당을 만들었다. 각각 총재, 원내대표, 사무총장, 정책위의장 등 당직을 맡았다. 나는 명예롭게도 총재. 그런데 총재는 힘이 없다. 친구들이 신문사에 오기로 했다. 회사에서 차 한 잔 한 뒤 장소를 옮겨 저녁을 먹을 참이다. 이들은 사회에서 만난 친구. 모두들 어찌나 착한지, 그래서 모임 이름에 바보를 넣었다. 바보는 내가 가장 좋아하는 말이기도 하다. 장담컨대 이 모임은 우리가 죽을 때까지 계속될 것 같다. 사실 나이 들어 마음에 맞는 친구를 만나는 게 쉽진 않다. 그런 점에서 볼 때 넷 다 행운이라고 할까. 꼭 마음에 맞는 친구가 있으면 회원을 더 늘릴 생각도 없지 않다. 모임과 만남은 삶을 더 윤기 나게 한다. 혼자서는 살 수 없기 때문이다. 나에겐 원칙이 있다. 믿음이 가지 않는 사람과는 거리를 두는 것. 좋고 나쁘고를 따질 것도 없다. 자기 기준에서 판단하면 된다. 나도 남에겐 판단의 대상이 될 수 있다. 이처럼 사람은 끼리끼리 만나고 헤어진다.

4月5日

바보

　마침내 바보당이 결성됐다. 어제 참석 멤버는 모두 5명. 상임 고문 이경순, 총재 오풍연, 원내대표 이기영, 사무총장 박경후, 정책위의장 김중성. 전부 감투를 썼다. 당의 로고도 만들기로 했다. 가입 기준이 매우 엄격(?)하다. 누가 봐도 바보여야 하는 것. 순진해야 한다는 얘기다. 바보는 정직하다. 적어도 거짓말을 하지 않는다. 남들이 볼 때 푼수에 가까워야 한다. 다섯은 그 조건을 맞춰가고 있다. 2016년 4월 4일. 바보당 창립 총회였던 셈이다. 아주 즐거운 시간을 가졌다. 기존 정치권과는 확연히 다르다. 상호 간에 믿음을 원칙으로 한다. 바보는 내가 가장 좋아하는 말. 바보를 목표로 산다고도 할 수 있다. 바보 오풍연. 언제 들어도 정감이 간다. 바보처럼 살자.

4月6日

고향사랑

　오늘은 고향 친구를 만난다. 페북을 통해 인연이 닿았다. 나는 충남 보령시 청라면, 그 친구는 주산면 출신이다. 결론적으로 말해 굉장히 훌륭한 친구다. 올해 늦깎이로 행정학 박사학위도 받았다. 나이는 나보다 한 살 위. 무엇보다 성실하다. 뒤늦게 공부해 박사 학위를 받는다는 것이 쉬운 일이 아니다. 그럼에도 그것을 해냈다. 원래는 대기업에서 근무했다. 몇 년간 자영업도 했다. 산전수전을 다 겪었다고 할 수 있다. 이런 친구들이 잘 되어야 한다. 둘이 만나면 고향 얘기를 많이 한다. 그 친구나 나나 어릴 때 고향

을 떠났다. 그럼에도 고향 사랑은 식지 않고 있다. 고향이 있다는 것은 축복이다. 오늘 점심도 행복할 것 같다.

4月8日

내 교수법

어제 수업은 만족스러웠다. 학생들이 내 강의에 집중했다. 그 동안 입에 닳도록 강조한 게 주효한 듯했다. "강의시간에 들어오면 집중해 달라. 한 가지라도 배우려고 노력하라." 학생들에게 늘 하는 말이다. 학생들은 배울 권리, 이른바 수업권이 있다. 내 강의는 교재도 없고, PPT 자료도 없는 만큼 그냥 들으면 된다. 그동안 스마트폰을 만지작거리는 등 딴짓하는 학생이 적지 않았다. 그들에게 주의를 주는 것도 한두 번. 스스로 알아서 해야 한다. 새벽마다 쓰는 글을 학생들에게도 보내준다. 뭔가 느끼라는 뜻에서다. 그런데 이 짧은 글마저 안 보는 학생들이 있다. 그것도 그들의 자유다. 보든, 안 보든 상관은 없다. 하지만 한 줄이라도 읽고 깨우치는 게 도움이 될 터. 앞줄에 앉아 열심히 듣는 학생도 있긴 하다. 하지만 대부분 뒷줄에 앉으려고 한다. 다시 말해 수업을 듣기 싫다는 얘기와 다름없다. 그래서 어제는 앞으로 와서 앉도록 했다. 그 결과 수업 분위기가 예전과 달랐다. 나도 덩달아 신이 났다. 매번 그랬으면 좋겠다.

건강관리는 어떻게

　최근 인하대 병원으로부터 건강검진 결과를 통보받았다. 대체적으로 양호한 편이다. 물론 나이가 있는 만큼 계속 관찰하라는 주문도 있었다. 이처럼 1년에 한 번씩 정기검진을 하면 건강을 잘 관리할 수 있다. 큰 병은 잡을 수 있다는 얘기다. 이번엔 머리 CT까지 검사했다. 더러 돌연사하는 사람들이 있다. 주변에선 아픈 데 없이 건강했다고 한다. 그러나 이는 틀린 말이다. 징조가 있었는데 몰랐을 뿐이다. 거의 30년 된 일이다. 검찰에서 잘나가던 중간 간부가 집에서 자던 중 숨졌다. 겉으론 굉장히 건강해 보였던 분이다. 검찰 조직이 큰 충격을 받았다. 당시 장례를 치르고 사물함을 정리하다가 약을 보따리로 발견했다. 누구도 모르게 약을 먹었던 것. 가족들도 몰랐다고 한다. 말하자면 아픈 데도 숨겼다고 할 수 있다. 그러나 아프면 소문내라고 했다. 주위의 배려와 도움도 필요하기 때문이다. 나도 이번에 폐렴을 치료하면서 동료들의 도움을 많이 받았다. 그래서 빨리 회복할 수 있었다. 오늘은 쉬는 일요일. 가까운 데라도 나들이를 할까 한다. 멋진 휴일 되시라.

귀한 만남

다시 힘차게 한 주를 시작한다. 매주 월요일은 가슴이 더 뛴다. 무언가 좋은 일이 일어날 것만 같은 기분이 든다. 거창한 것이 아니어도 좋다. 행복은 작은 데서 비롯되기 때문이다. 일정이 조금 빡빡하다. 목요일은 대구 강의, 대전 페친 만남이 있다. 대구에서 강의를 마치고 올라오다 대전에 내려 박원천 대표와 최순희 박사님을 만나기로 했다. 박 대표는 나와 띠동갑. 12살 아래다. 최 박사님은 대전MBC PD 출신의 커리어우먼. 작년에도 셋이서 만난 적이 있다. 1년 만에 다시 뭉치는 셈이다. 시간이 되면 저녁까지 먹고 올라올 참이다. 15일금엔 귀한 손님들이 서울에 올라온다. 부산에서 내 특강을 들었던 CEO 두 분과 이경순 누브티스 대표님의 만남을 주선했다. 미래테크 박희천 대표님과 위츠 권수용 대표님. 성북동 누브티스에서 저녁을 하기로 했다. 디자인 관련해 의견을 교환할 예정이다. 이경순 대표님이 넥타이 디자인을 하고 있지만 원래 전공은 제품 디자인. 어젠 성북동 누브티스에서 오후를 보냈다. 행복의 연속이다.

꼰대

나이 먹은 사람을 '꼰대'라고 한다. 은어로 늙은이나 선생님을 이르는 말이다. 젊은 사람의 눈엔 나도 꼰대로 보일 터. 나이는 속일 수 없다. "선생님은 젊게 사시는 것 같아요. SNS도 잘하시고." 더러 듣는 얘기다. 페이스북을 두고 하는 말인 것 같다. 실제로 '페북 스타'라는 말도 종종 듣는다. 열심히 한다는 인상을 줘서 그럴 게다. 이제 페북은 나와 떼려야 뗄 수 없다. 생활의 중심이 됐다. 무엇보다 페이스북엔 진정성을 담아야 한다. 내가 처음부터 추구해온 바다. 거짓은 머지않아 탄로 난다. 글은 그 사람의 얼굴이다. 오늘 하루도 정직을 생각한다.

휴넷 오풍연 이사의 행복일기

*

84

이런 며느릿감 어디 없습니까

하루가 멀다 하고 기쁜 소식이 날아온다. 고등학교 동기들의 혼사다. 아들보단 딸의 결혼 소식을 많이 알린다. 딸을 먼저 여의기 때문이다. 딸이 없는 나는 조금 부럽기도 하다. 우리 아들은 29살. 나 같으면 이미 결혼했을 나이지만, 녀석은 몇 해 뒤 갈 것 같다. 우선 여자 친구가 없다. 결혼을 하려고 해도 짝이 있어야 되지 않겠는가. 우리 부부가 탐내는 규수감은 많다. 그러나 결혼은 당사자가 하는 법. 둘이 좋아해야 결혼에 골인할 수 있다. 거듭 말하지만 좋은 시아버지, 시어머니는 될 자신이 있다. 며느리를 딸보다 더 예뻐할 것 같기도 하다. 특히 며느리 사랑은 시아버지라고 했다. 아들도 은근히 걱정한다. "아빠가 내 아내를 더 괴롭히는 것 아니야." 내가 전화도 많이 하고, 메시지도 자주 보낼 것이라는 우려(?)에서다. 그렇게 며느리를 사랑하고 싶다. 어떤 녀석이 며느리로 들어올까. 무엇보다 착했으면 좋겠다. 내가 원하는 스타일이다. 그리고 애교까지 있으면 만점짜리. 며느리 욕심이 많은지도 모르겠다.

기본을 잊어선 안돼

　사람은 동물과 다른 점이 있다. 인사를 할 줄 안다는 점이다. 내가 늘 강조하는 말이기도 하다. "감사합니다.", "고맙습니다."라는 말을 입에 달고 다녀야 한다. 나 역시 그렇게 하려고 노력한다. 기본 중의 기본이라고 할 수 있다. 그런데 이를 망각하는 사람들이 적지 않다. 말 한마디에 천 냥 빚 갚는다는 속담이 있다. 말이란 어 다르고, 아 다르다. 진정성을 담아야 한다는 얘기이기도 하다. 얼마 전 주례를 선 적이 있다. 그런데 신랑, 신부로부터 아무런 인사가 없다. "고맙다."는 전화 한 통 없는 것이다. 그냥 지나칠 수도 있다. 내 성격은 이를 허용하지 않는다. 고쳐주어야 한다는 생각이 들었다. 그들의 앞날을 위해서다. 그래서 소개했던 지인께 정중한 메시지를 드렸다. 기본을 주지시켜 달라고 주문했다. 그동안 20번 주례를 서면서 이런 일은 처음이었다. 주례 전이나 후에 찾아온다고 해도 말리는 나다. 바쁜 것 뻔히 아는데 앞으로 잘 살라며 덕담을 하고 사양한다. 기본을 잊지 말자.

사람 만나기

잘 모르는 사이는 어색합니다, 저는요. 어떤 마음이면 첫 만남도 편해
질 수 있는지요??? 선생님은 원래 사람 만나는 거에 자유스러우셨는지
요??

한 페친에게서 받은 질문이다. 내 취미 중 하나는 사람 만나기
라고 할 수 있다. 그만큼 사람을 좋아한다는 얘기다. 무엇보다 상
대방을 믿어야 한다. 조금이라도 의심을 하면 만나기 어려워진
다. 내가 사람을 만나는 방식이기도 하다. 아무나 무조건 믿는다
고 바보 같다는 소리도 자주 듣는다. 그것 또한 개의치 않는다. 상
대방이 한 번은 속일 수 있어도 끝까지 속일 수는 없다. 사람이기
때문에 그렇다. 사람에겐 일말의 양심이라는 게 있다. 아무리 악
한 사람도 그것은 가지고 있다. 나에겐 나쁜 사람이 보이지 않는
다. 모두 좋게 봐서 그런지도 모른다. 도저히 상대 못할 사람과는
거리를 둔다. 내 기준으로 볼 때 그런 사람도 없지 않다. 판단 기
준은 자의적이기 때문이다.

"왜 살어" "해봤어"

"왜 살어." 하는 일이 영 신통치 않을 때 하거나 듣는 말이다. 부정적인 의미로 많이 쓴다. 결론적으로 말해 그런 말을 듣지 말아야 한다. 그럼 어떻게 해야 할까. 매사에 긍정적으로, 진취적으로 살아야 한다. 부정적이면 앞으로 나가지 못하고 뒤로 물러서기 쉽다. 실제로 그런 사람들이 적지 않다. 일단 의심하고 들어가기 일쑤다. 그래선 능률도 오르지 않는다. 마지못해 하는 경우가 많기 때문이다. 나는 초긍정주의자라고 밝힌 바 있다. 내 입에서 노가 나오지 않는 이유다. 도전의식과도 무관치 않다. 해본 다음 결과를 기다린다. 해보지도 않고서 뭔가를 기다린다는 것은 있을 수 없다. "해봤어?" 고 정주영 회장이 생전에 가장 많이 썼던 말이다. 그 결과 무에서 유를 창조했다. 인간의 능력은 무한대다. 도저히 할 수 없을 것 같던 일도 해낸다. 내가 추구하는 바이기도 하다. 나의 도전은 여전히 진행형이다.

또다시 며느리 타령

이번 주 일요일24일 초등학교 친구가 딸을 여읜다. 모임을 함께 하는 친구다. 벌써 여러 명이 아들, 딸을 결혼시켰다. 솔직히 부러운 마음도 있다. 이번엔 그 친구의 둘째 딸이 언니를 제치고 먼저 시집간다. 짝이 있으면 추월해도 상관없을 듯하다. 오히려 결혼을 못해 난리인데 축하할 일 아니겠는가. 동생이 형보다 일찍 장가가는 경우도 본다. 우리 아들도 장가갈 나이. 29살이니까 가고도 남는다. 그러나 녀석은 2~3년 뒤쯤 결혼할 것 같다. 무엇보다 정해진 짝이 없다. 아내와 둘이 가끔 이런 말을 한다. "우리 세상에서 가장 멋진 시부모가 되자." 나는 그럴 자신이 있다. 아마 아내도 그 같은 약속을 지킬 게다. 며느리를 복덩어리로 맞이할 생각이다. 그러나 며느리를 우리가 데리고 살 수는 없다. 아들과 둘의 마음이 맞아야 한다. 인생에서 가장 중요한 게 결혼이다. 짝을 잘 만나야 행복하다. 나도 그 점에서 아내에게 항상 감사한 마음이다. 내조나 외조 없인 반듯하게 살기 어렵다. 벌써부터 며느릿 감이 궁금해진다.

팔순

장모님 팔순이다. 옛날 같으면 잔치를 했을 터. 요즘은 그런 행사를 거의 안한다. 우리도 장모님을 모시고 저녁 식사만 하기로 했다. 친척들조차 초대하지 않았다. 부담을 드리지 않기 위해서다. 장모님도 그렇게 하자고 하신다. 몸이 성하지는 않지만 지금까지 살아계셔서 감사할 따름이다. 몇 해 전 고관절 수술을 받은 뒤 외출은 거의 못하고 계시다. 그럼에도 집안 살림을 거드신다. 내가 멋쟁이(?) 소리를 듣는 것도 순전히 장모님 덕이다. 정말 다림질을 잘해 주신다. 구겨진 바지나 셔츠를 입어본 적이 없다. 남자의 멋은 바지 각과 셔츠. 손맛도 좋으시다. 일류 한정식 집보다 더 맛있게 음식을 하신다. 그것도 굉장한 복이다. 어른을 모시니까 집안 분위기도 좋다. 집안에서 절대로 큰 소리가 나지 않는다. 항상 웃으며 지낸다. 앞으로 10년, 20년 더 사셨으면 좋겠다. 구순, 백세 잔치는 할 계획이다. 그때까지 건강하시기를 빈다.

오풍연 스타일

"그렇게 매일 쓸 거리가 있습니까." 지인 및 페친들로부터 종종 듣는 얘기다. 페이스북을 비교적 열심히 해서 그럴 게다. 이야깃거리는 만들면 된다. 거창한 것을 찾으려고 하니까 소재의 빈곤을 느낀다. 나는 주로 소소한 일상을 옮긴다. 그것을 하나의 삶, 또는 문학으로 보기도 한다. 그동안 펴낸 10권의 에세이집도 다르지 않다. "그것도 문학이냐?"고 물을 수 있다. 나는 "그렇다."고 대답한다. 문학은 허구를 바탕으로 하기도 한다. 즉 픽션이다. 하지만 나는 다른 견해를 갖고 있다. 사실, 즉 팩트를 바탕으로 한다. 내가 추구하는 문학이랄까. 이름 하여 '오풍연 문학'이라고 한다. 물론 내가 붙인 이름이다. 건방지다는 소리를 들을지 모른다. 그럼에도 방향을 바꿀 생각이 없다. 처음부터 "이것이다." 하는 정의는 없을 것이다. 나는 창조적 파괴를 꿈꾼다. 남을 의식하면 그 꿈을 이루기 어렵다. 자기만의 스타일이 필요하다는 얘기다. 오늘도 '오풍연 스타일'을 만들고자 한다.

4月25日

골프

　다시 한 주가 시작됐다. 푹 자고 일어났다. 오늘 역시 4시간 취침. 이번 주 첫 라운딩을 한다. 아마 납회가 될지도 모른다. 골프에서 거의 손을 뗐기 때문이다. 금요일29일 '바보당' 친구들과 새벽 골프를 하기로 했다. 공이나 제대로 맞출 수 있을까. 2~3년 전부터 골프를 삼가 왔다. 특별한 이유는 없다. 주말 골프는 시간을 너무 많이 빼앗겨 멀리했던 것. 대신 가족들과 시간을 함께 보내고 있다. 잘 선택했다고 생각한다. 주말마저 나 혼자 즐기면 가족들과 같이 있는 시간이 점점 줄어든다. 골프, 물론 재미있는 운동이다. 스트레스 푸는 데도 적격이다. 매일 걷기를 한 뒤 흥미가 떨어진 것도 사실이다. 이번에 나가면 몇 개나 칠까. 100개 이상 칠 가능성이 있다. 보기 플레이 정도는 했는데. 그래도 친구들과 함께하니 상상만 해도 즐겁다. '바보당'을 창당한 후 첫 행사이기도 하다. 멤버는 비록 4명이지만 갖출 것은 다 갖췄다. 그늘집의 순대와 자장면도 생각난다. 페친께서도 멋진 한 주 되시기 바란다.

꿈은 이뤄진다

사람은 자기 하고 싶은 일을 해야 한다. 그래야 성취감도 맛본다. 돈도 많이 벌면 더 좋을 게다. 친구에게서 감동적인 말을 들었다. 그 친구의 딸 얘기다. 서울에서 외고를 졸업했단다. 우수한 재원인데도 대학 진학 대신 프랑스 유학을 택했다. 이유는 딱 하나. 파티쉐가 되기 위해서. 세계 최고의 빵 굽는 사람이 꿈이었던 것이다. 프랑스에서 직업 전문학교를 졸업한 뒤 유명 호텔에서 6년간 일했단다. 그리고 서른 되는 올해 뉴욕행. 더 큰 세상으로 지평을 넓힌 셈이다. 미슐랭이 인정한 레스토랑에 스카웃 됐다고 했다. 특히 디저트에 관심이 많단다. 디저트는 일본이 우리보다 앞섰다는 것. 일본을 따라잡기 위해 프랑스, 미국에서 실력을 쌓고 있으니 얼마나 대견스러운가. 이런 젊은이가 더 많이 나와야 한다. 내가 초빙교수로 있는 대경대도 세계호텔제과제빵과가 있다. 1학년생은 내 강의를 듣고 있다. 그들 가운데 유명 파티쉐가 나왔으면 하는 바람이다.

4月28日

만남, 그리고 골프

사흘 만에 정상으로 돌아왔다. 12시 45분 기상. 몸도 개운하다. 대구 강의하러 내려가는 날이다. 남쪽 지방은 비가 온다고 하니 우산도 준비해야 될 것 같다. 오늘도 조금 바쁜 스케줄이다. 대구 강의를 마치고 오다가 대전서 페친들을 만난다. 대전 가오고 최상현 교장 선생님, 대전 MBC PD 출신 최순희 박사님, 연합특고압 전기 박원천 대표님. 모두 훌륭한 분들이다. 최 선생님과 최 박사님은 두 번째, 박 대표님은 세 번째 뵙는다. 박 대표님이 대전역에 나오기로 했다. 대전역에는 오후 2시 27분 도착. 오랜만이라 저녁까지 먹고 올라올 참이다. 박 대표님이 솜씨 좋은 중국집까지 예약해 놓았단다. 나머지 두 분도 시간을 내 주시기로 했다. 대전은 내가 중, 고등학교를 나온 곳이다. 제2의 고향인 셈. 그래서 낯설지 않다. 내일은 '바보당' 친구들과 새벽 골프. 올해 처음이자 마지막 라운딩이 될 가능성이 크다. 그런 만큼 매우 즐겁게 놀 생각이다. 이만하면 재미있는 인생. 감사할 따름이다.

드디어

드디어 출격하는 날이다. 어제 대전서 페친들을 만나고 올라와 조금 늦게 잤다. 그래도 2시 30분 기상. 기분 좋게 하루를 연다. 오늘은 몇 개나 칠까. 아마도 100개를 넘지 않을까 생각한다. 작년 8월 30일 라운딩을 한 뒤 한 번도 치지 않았다. 물론 연습장에도 간 적이 없다. 공이나 제대로 맞출 수 있을지 모르겠다. 새벽 5시 중부고속도로 만남의 광장에서 만나기로 했다. 거기서부터 한 차로 움직인다. 한 명은 방향이 달라 따로 온다. 티업 시간은 6시 50분. 잘 치는 것도 중요하지만, 친구들과 함께 하는 것이 더 좋다. '바보당' 친구들. 넷 다 동갑이다. 셋은 나를 위해 시간을 내준 셈이다. 그런 친구들이 고맙다. 스윙을 천천히 하고, 머리를 들지 말자고 다짐하지만 그렇지 못하다. 아직도 골프의 정석을 터득하지 못했다. 타석에 올라서면 몸 따로, 마음 따로다. 그럼 어떠랴. 내기도 할 예정. 승부사 기질을 발휘해 볼란다. 모두 좋은 하루되시라.

건강전도사의 부끄러운 자화상

　역시 성애병원 장석일 원장님은 명의이시다. 어제 바보당 친구들과 운동을 마치고 올라와 성애병원 응급실을 다녀왔다. 양쪽 다리 통증이 심했다. 제대로 걸을 수 없을 정도였다. 내가 증상을 안다. 통풍 신호였다. 집에 비상약이 있어 먹었지만 통증은 계속됐다. 그래서 오후 5시 넘어 장 박사님께 전화를 드렸다. 저녁 6시 퇴근하니 그 전에 오라고 했다. 그래서 카카오 택시를 불러 병원으로 갔다. 퇴근 10분 전 도착했다. 오른쪽 무릎이 약간 붓고, 열이 난다며 주사와 약을 처방해 주었다. 의료진은 대부분 퇴근해 응급실에서 주사 2대를 맞았다. 그리고 약을 타서 집으로 왔다. 저녁을 간단히 먹고 그냥 잤다. 새벽 3시 기상. 통증이 거의 가라앉았다. 그래도 하루 종일 집에서 쉴 참이다. 내일 근무여서 몸을 만들어야 한다. 오늘 같은 고향 출신인 고등학교 친구 딸내미 결혼식이 있다. 꼭 참석하려고 했는데 어제 바로 양해를 구했다. 도저히 움직일 수 없을 것 같았다. 선배들과 한 저녁 약속도 취소했다. 통풍도 원인이 있을 터. 아무래도 내 식단에 문제가 있는 것 같다. 나는 음식을 가리지 않고 잘 먹는다. 병원과 약국에서도 고기를 덜 먹으라고 했다. 이른바 통풍은 잘 먹어서 생기는 병. 고급 병이라고 할 수 있다. 기름진 음식이 좋을 리 없다. 생각해 보니 지난 이틀간 고기를 많이 먹었다. 대전 페친 만남에서도 그랬고, 어제 골프를 치면서도 그랬다. 아무튼 다행이다. 건강전도사를 자처하는 나. 뜻밖의 폐렴에 통풍까지. 사람 일은 알 수 없다. 조심하면서 살 수밖에 없다.

5月

이제는 섭생이다

통풍으로 고생한다는 글을 올렸더니 페친들이 여러 정보를 보내주셨다. 특히 안정선 이사장님께서는 관련 사진과 함께 귀중한 말씀도 아끼지 않으셨다. 대경대 제자인 김태한 군도 내 건강을 빌며 자료를 보내주었다. 거듭 고마움을 전한다. 원인이 없는 병은 있을 수 없다. 통풍도 마찬가지일 터. 나 역시 섭생에 문제가 있지 않을까 생각했다. 보내준 자료를 보니 더욱 그랬다. 그동안 통풍에 나쁘다는 음식만 주로 먹었던 것이다. 붉은 고기, 내장, 생선, 오징어, 어패류, 시금치, 밀가루, 음료수 등 모두 좋아한다. 내장이나 오징어도 무척 잘 먹는다. 밀가루 역시 밥보다 좋아하는 편이다. 그 중에서도 파스타를 즐겨 먹는다. 몸에 좋다는 감자, 토마토, 무, 배추, 브로콜리, 두부, 우유, 체리도 싫어하지 않지만 좋아하는 음식보다 덜 먹는 것은 사실이다. 아무래도 점심 약속이 많다 보니 고기를 주로 먹는다. 음식 종류를 바꾸든지, 약속을 줄이든지 해야 할 것 같다. 메뉴는 구내식당이 가장 좋다. 야채 위주로 식단이 꾸려져 있다. 손님들과 구내식당에 갈 수 없으니 일

반 음식점을 자주 이용하게 되고, 고기도 많이 먹었던 것이다. 커피 또한 설탕이 들어 있는 믹스 커피를 가까이 했다. 원두커피로 바꾸어야 할 것 같다. 믹스 커피를 조금 멀리 하다가 다시 먹기 시작했던 것. 오늘 새벽도 커피가 생각났지만, 우유를 대신 마시고 있다. 몸은 자기가 가장 잘 안다. 섭생을 통해서 바꿀 수만 있다면 노력해야 한다. 그냥 되는 일은 없다. 앞으로 나의 목표다.

잠이보약이다

　새벽에 글을 올리지 않아 궁금해 하는 분들도 있을 것 같다. 밤새 '안녕' 했다. 아무 일 없었다는 얘기다. 1시 30분쯤 일어났는데 왠지 다시 자고 싶어 그냥 잤다. 무려 9시간 가까이 잤다. 아주 드문 경우다. 1년에 한 두 차례 있을까말까 한 일이다. 졸린데 자지 않는 어리석음은 범하지 않는다. 졸리면 아무 때나 자는 게 내 스타일. 대신 숙면을 취한다. 하루 네 시간 자고 거뜬한 이유인지도 모르겠다. 우리 삶에서 잠도 굉장히 중요하다. 잠이 보약이라는 말도 있다. 몸이 좀 무겁고, 아파도 자고 일어나면 낫는다. 잠이 오지 않아 고생한 경험들이 있을 게다. 나도 그런 적이 있다. 하지만 지금은 너무 잘 잔다. 약물에 의존해 잠을 자는 것은 좋지 않다. 약을 먹기 시작하면 끊기도 어렵다. 잠을 못 자는 분들에겐 운동을 권하고 싶다. 저녁에 운동을 하고 씻고 나면 잠도 잘 온다. 몸이 개운하기 때문이다. 나도 처음엔 그런 식으로 불면증을 고쳤다. 잠과의 싸움. 이길 수 있다.

바보 찬가

　나보고 내공이 대단하다는 사람들도 있다. 화를 내지 않고, 당황해하지 않아서 그럴지도 모른다. 둘 다 맞다. 하지만 내공과 직접 연관은 없을 터. 사람들이 나를 좋게 봐서 그런 것 같다. 어쨌든 감사한 일이다. 나는 그보다 배짱을 강조하고 싶다. 모름지기 남자는 배짱이 있어야 한다. 다시 말해 당당해야 한다는 얘기다. 돈이 많다고 배짱이 생길까. 그렇지 않다. 내가 생각하는 배짱은 정직과 결부된다. 정직하면 무슨 말인들, 행동인들 못 하겠는가. 뭔가 숨김이 있기에 움츠러들고, 선뜻 나서지도 못한다. 정직을 인생 좌우명으로 삼고 있는 이유다. 거짓이 없으면 두려울 게 없다. 이 눈치, 저 눈치 안 봐도 된다. 자기 스타일대로 나아갈 수 있다. 그러나 우리 세상은 정직보다 거짓과 위선이 판친다. 이른바 지도층이라는 사람부터 그렇다. 그러니 세상이 맑아질 리 없다. 안타까운 일이다. 내가 바보를 좋아하고, 바보처럼 살겠다고 다짐하는 것도 같은 맥락이다. 나름 정직하게 살려고.

어머니, 보고 싶습니다

　어버이날이다. 부모님은 한 분도 계시지 않다. 아버지는 1975년, 어머니는 2008년 각각 돌아가셨다. 보고 싶다. 분명한 사실을 깨달은 바 있다. 부모님은 기다려주시지 않는다는 것. 효도를 하려면 생전에 해야 한다. 돌아가신 다음 후회하면 이미 늦다. 특히 어머니가 보고 싶다. 아버지는 중학교 2학년 때 돌아가셔 기억이 가물가물할 정도다. 어머니는 75세에 운명하셨다. 어머니가 살아계실 때는 전화를 하루도 빠뜨린 적이 없다. 가까이 계시지 않았지만, 항상 옆에 계신 것 같았다. 그것으로 아쉬움을 달래곤 했다. 부모님께 효도하는 방법은 사람마다 다를 터. 무엇보다 자주 찾아뵙기를 권유한다. 그것이 최고의 효도다. 특히 손주들 재롱은 할아버지, 할머니한테 가장 좋은 선물이다. 오늘은 성북동 누브티스에 간다. 철원에서 이경순 대표 어머니도 오신다. 나도 친어머니처럼 모신다. 아들 녀석도 데려갈 참이다. 할머니께 인사드리라고. 효도하는 하루되시라.

멋진하루

　나도 어젠 뿌듯한 하루였다. 성북동 누브티스에서 오후 내내 보냈다. 밤 10시 거의 다 돼서 나왔으니 말이다. 어버이날 기념 넥타이 패션쇼 및 시상식이 있었다. 나도 주인공 중의 하나. 직접 시상을 했고, 패션쇼에도 모델로 나섰다. 누브티스 홍보대사 역할을 충분히 했던 것이다. 무엇보다 어린이들과 함께 해 좋았다. 넥타이 기념전에는 모두 700여 명이 출품했다. 이 가운데 30여 명을 선정해 상장을 주었다. 멀리 전북 전주, 강원도 철원에서 온 어린이도 있었다. 네 살짜리가 가장 어렸다. 날씨까지 행사를 도와주었다. 황사나 미세먼지도 없었다. 그래서 야외 행사를 하는 데 지장을 주지 않았다. 나의 수양어머니이기도 한 이경순 대표 어머니도 철원에서 올라오셨다. 쑥으로 만든 절편을 가지고 와 모든 참가자들과 함께 나눠 먹었다. KTV는 행사 전 과정을 취재했다. 패션쇼와 마술쇼는 오후 5시 30분쯤 끝났다. 내 동갑내기 친구 6명이 와서 밤늦게까지 얘기도 나눴다. 엄창섭, 김중성, 박경후, 전재강, 김연화, 김덕훈 등. 이경순 대표님이 라면까지 끓여줘 모두 먹고 헤어졌다. 내년에도 똑같은 행사를 할 터. 장소를 바꿔야 할지도 모르겠다. 누브티스가 넓은데도 비좁은 느낌이 들었다. 올해가 두 번째 기획전. 다시 한 주가 시작된다. 멋진 기획들 세우시라.

휴넷 오풍연 이사의 행복일기

*

인생 철학

앞으로 얼마나 더 살까. 언젠가는 죽을 것이다. 내 나이 57세. 평균 수명으로 볼 때 80세는 넘길 듯하다. 최소한 20여 년은 남은 셈이다. 그때까지 어떻게 사느냐가 중요하다. 물론 잘 살아야 한다. 그 기준은 주관적이다. 남이 볼 때 재미없어 보여도 자신은 만족할 수 있다. 삶에 관한 한 그다지 남을 의식할 필요가 없다. 자기 스타일대로 잘 살면 된다. 그럼 나는 어떨까. 내가 매일 묻는 질문이기도 하다. 거기에 답이 있기 때문이다. 솔직히 나는 미래를 걱정하지 않는다. 오늘만 열심히 산다. 지금 할 일도 내일로 미루지 않는다. 하루하루 열심히 살면 앞날을 걱정할 틈도 없다. 따라서 지루하지도 않다. 삶의 윤활유는 변화다. 변화가 있는 삶. 나는 다양성을 추구한다. 다시 말해 변화를 즐긴다는 얘기다. 항상 새로움도 맛볼 수 있다. 많은 사람을 만나는 게 좋다. 변화의 단초가 될 수도 있다. 혼자는 외롭기 때문이다.

"저 질문이 있습니다"

미래를 걱정하지 않고 살려면 어떻게 해야 할까요? 저는 오풍연 교수
님이 아니고 저의 인생도 제가 살아가고 있습니다. 하지만 시간은 흘러
도 무슨 일이 있으면 걱정이 나는 법이죠. 아무런 일이 없어도 걱정하게
됩니다. 특히 미래에 대한 걱정은 20~30대뿐만 아니라 모든 사람들의
걱정이에요. 어떻게라고는 말할 수 없어도 무엇을 해야 할까요? 목표를
세워도 거기에 따른 걱정이 있고 뭘 해야 할지도 모르는데 너무 궁금해
서 질문합니다!

대경대 한 학생에게서 받은 질문이다. 오늘 강의에 앞서 질문
을 미리 보내달라고 했다. 강의 도중 질문을 하라고 하면 잘 않는
다. 그래서 고육지책으로 사전 질문을 받은 것. 딱 한 학생만 질문
을 보내왔다. "5월 12일 강의를 합니다. 지난번에 미리 질문을 받
겠다고 했는데 한 명도 보내주지 않았습니다. 제 번호010-5327-9666
로 보내주기 바랍니다. 어떤 질문이든지 좋습니다."

내가 두세 번에 걸쳐 보낸 메시지다. 그럼에도 적극적인 학생

이 적어 아쉽다. 매일 새벽 학생들에게 글을 띄워준다. 내가 사는 방식을 전해주며 배울 것이 있으면 따라하라는 뜻에서다. 오늘 강의는 질문에 대해 답변하는 형식으로 진행할 계획이다. 모든 젊은 이들의 고민인 것 같다. 미래가 불확실하다는 점. 학생들에게 줄곧 자신감과 도전정신을 강조해 왔다. 한 학기 내내 같은 내용을 반복한다고 해도 과언이 아니다. 작은 도움이라도 되었으면 하는 게 나의 솔직한 바람이다.

5月13日

작가의 숙명

　광주의 한 페친으로부터 전화를 받았다. "형님, 광주 내려와서 팬 사인회 하셔야지요. 날짜를 하루 잡죠." 나와 호형호제하는 사이이기도 하다. 3년 전 광주에 내려가 그를 만난 적이 있다. 광주에서 사업을 하는 정기식 사장이다. 나보다는 세 살 아래. 내 책이 나올 때마다 사서 지인들에게 돌리곤 한다. 작가에게 가장 고맙다고 할까. 당초 4월 30일 내려가려고 했었다. 그런데 나도, 그 친구도 사정이 생겨 못 내려갔다. 6월 중 내려갈 계획이다. 6월 4일토 현충일 연휴 때 내려갈까 생각 중이다. 작가에게 독자는 정말 고마운 존재다. 아무리 좋은 책을 낸들 독자가 찾지 않으면 무용지물이다. 사실 베스트셀러와 일반 책도 큰 차이가 없다. 단지 운이 좋아 베스트셀러에 진입했다고 보면 된다. 하지만 그 가능성은 아주 낮다. 나도 그동안 10권의 에세이집을 냈지만 문턱에도 가보지 못했다. 10권의 책을 낸 것만도 기적에 가깝다고 할 수 있다. 독자들에게 야속한 마음은 없다. 그저 졸저를 읽어주는 독자들에게 고마울 뿐이다. 오늘 새벽도 거실에서 자판을 두드리고 있다.

휴넷 오풍연 이사의 행복일기

*

110

멋진 후배들

어젠 페이스북에서 만난 대학 후배들과 유쾌한 시간을 보냈다. 정말 페북은 소통의 매개체다. 페북을 통하지 않고선 만날 수 없는 친구들이다. 여의도 누추한 사무실로 셋을 초대했다. 한 친구는 멀리 전남 광양에서 올라왔다. 지역 특산물인 매실 고추장까지 선물로 가져왔다. 보통 정성이 아니다. 또 다른 친구는 아내를 위한 화장품을 들고 왔다. 나머지 한 친구는 광화문 교보문고에 들러 책을 사들고 왔다. 다시 말해 상대방을 배려하겠다는 얘기다. 나는 그들에게 『새벽 찬가』 1권씩 주었다. 이처럼 작은 선물이라도 나누면 기쁨이 배가된다. 세 친구 모두 쟁쟁하다. 경제학과, 전자공학과, 정치외교학과 출신들이다. 둘은 CEO, 한 명은 대기업 임원이다. 동문끼리 만나자고 하니까 만사 제쳐 놓고 왔다. 이런 게 고려대의 매력이라고 할까. 점심을 먹고 또 다시 커피숍으로 옮겨 얘기를 이어갔다. 다음 모임 날짜도 잡았다. 10월 7일. 내친 김에 모임의 이름도 정하기로 했다. 그러나 아직 작명을 하지 못했다. 오늘 낮에 근무하면서 작명을 할까 한다. 멋진 이름으로.

황홀, 그 다음은 여유

恍惚을 아십니까. 읽기도 어려운 한자다. 황홀이다. 내가 강의 도중 자주 표현하는 단어다. 나는 매일 황홀에 빠진다. 새벽에 일어나면 그렇게 좋을 수가 없다. 무슨 말이냐고 할지도 모른다. 그런데 나는 무조건, 그냥 좋다. 살아 있음의 행복을 만끽한다. 만약 몸이 아파 누워 있으면 그것을 즐길 수 없을 터. 특히 1시부터 5시까지는 온전히 나만의 시간이다. 나는 이 시간을 황홀하다고 한다. 정말 많은 것을 할 수 있다. 지금처럼 맨 먼저 페이스북에 올리는 글을 쓴다. 현재 시간은 1시 30분. 이미 봉지 커피는 한 잔 마셨다. 정신을 더욱 맑게 한다. 그런 다음 뉴스 검색. 종합뉴스와 사설, 칼럼 등을 챙겨 본다. 먹거리를 사냥한다고 할까. 기자에게는 기사가 먹잇감이다. 보통 3시까지 오늘 할 일을 챙긴다. 두 시간이면 충분하다. 3시부터 5시까지 한강 걷기. 나보고 살아 있는 칸트라고도 한다. 시간을 정확히 활용하기 때문이다. 황홀 다음엔 여유가 찾아온다. 내가 만만디 할 수 있는 이유다.

그냥 그대로

　내 삶을 부러워하는 사람들도 더러 있는 것 같다. 자유 그 자체를 즐겨서 그럴까. 나보고 신선 또는 도인 같다고도 한다. 구애를 받지 않고 살기 때문에 그럴 게다. 몸이 말하는 대로 따라간다. 졸리면 자고, 배고프면 밥 먹는 식이다. 억지로 참지 않는다는 얘기다. 다 내려놓으면 가능하다. 사실 나는 내려놓을 것도 없다. 자리가 높은 것도 아니고, 가진 것도 없는 까닭이다. 부양가족 말고는 의무도 없다. 밥 세끼 먹고 살면 된다. 식구들도 욕심을 내지 않기에 고마울 따름이다. 새벽에 눈을 뜨면 행복하다. 우선 살아있음에 감사드린다. 삶보다 더 소중한 것은 없다. 따라서 그것을 아름답게 가꾸어야 한다. 내가 삶을 하나의 문학으로 보는 이유이기도 하다. 다시 말해 살아있음이 곧 문학이다. 생존을 위해 몸부림치는 사람도 있다. 그런다고 더 나은 삶을 사는 것도 아니다. 물 흐르듯 살아갈 필요가 있다. 그냥 그대로.

납세도 신성한 의무다

내 수면 습관이 좋은 건지, 나쁜 건지 모르겠다. 초저녁에 잠이 쏟아져 그냥 있을 수 없다. 9시를 넘기는 게 거의 불가능할 정도다. 졸리면 자는 것이 내 스타일이라고 하지만 조금 쑥스럽다. 저녁 8시 종합뉴스를 보다가 중간에 잔다. 그것도 끝까지 다 못 본다. 저녁 약속을 하지 않기에 가능한 일. 보통 7시에 저녁을 먹고 한 시간 반쯤 있다가 자는 셈이다. 어제 저녁도 마찬가지. 대신 일찍 일어나 하루를 시작한다. 새벽 1~2시 기상은 변함없다. 4시간 이상은 안 잔다. 오늘 근무하면 또 이틀 쉰다. 학기 중에는 정말 시간이 잘 간다. 매주 목요일 대구 강의가 있기 때문이다. 대구 갔다 오면 일주일이 휙 지나가 느낌이 든다. 종합소득세 신고를 마쳤다. 아내 왈 "버니까 내는 거지." 납세 또한 국민의 신성한 의무다. 시시콜콜한 소득까지 모두 잡힌다. 아니라고 할 수 없을 만큼 투명해졌다. 총액은 많지 않아도 여러 군데서 발생했다. 고정 급여, 강의료, 방송출연료, 고료 등. 종합소득세를 내는 이유다. 다양한 활동을 할 수 있음에 감사드린다.

나도 진정 작가이고 싶다

작가로서 나의 존재는 있을까. 독자들이 평가해줄 때만 가능한 일. 나 스스로는 거의 없다고 생각한다. 지금까지 10권의 에세이집을 냈지만 존재감을 드러내지 못했다. 독자들에게 다가서기가 그만큼 어렵다는 얘기다. 모든 책에 혼신의 힘을 불어넣은 것은 사실이다. 얼렁뚱땅 낸 것은 없다. 한때는 작가 명함을 들고 다니기도 했다. 작가로 인정받고 싶은 마음도 없지 않았다. 부끄러운 생각이 든다. 내가 작가라고 떠든들 소용이 없다. 남이 인정해줘야 진정 작가다. 그런 점에서 볼 때 나는 한참 미치지 못한다. 내가 추구하는 장르는 掌篇에세이. 손바닥만 한 글을 계속 써왔다. 워낙 짧기에 메시지를 담기도 어렵다. 그러나 담으려고 노력했다. 더러 격려해주는 분들도 없지 않았다. 그분들께는 항상 고마운 마음을 갖고 있다. 최근 소설가 한강이 맨부커상을 받았다. 찬사를 받을 만하다. 나 역시 부럽고, 박수를 보낸다. 내가 작가로 자리매김할 수 있는 날이 올까.

인생, 살맛 나잖아요

 페이스북 스타라는 말을 종종 듣는다고 한 적이 있다. 꾸준히 해서 그럴 게다. 사실 하루 일과 중 가장 먼저 맞닥뜨리는 것도 페이스북이다. 눈을 뜨자마자 글부터 올린다. 1년 365일 가운데 거의 빠뜨린 적이 없다. 나의 일상이 됐기 때문이다. 정말 즐거운 마음으로 자판을 두드린다. 물론 거창하지도 않다. 내 주변의 삶을 그대로 옮길 뿐이다. 모두 사람 사는 얘기. 내 글에는 모두 사람이 등장한다. 지인들이 많고, 페친들도 적지 않다. 나에게는 한 사람, 한 사람이 소중하다. 글의 소재를 제공하는 까닭이다. 하루 평균 서너 개의 글과 사진을 올린다. 적지 않다고 할 수 있다. 물론 같은 내용은 없다 글의 소재는 무궁무진하다 관심을 가지면 가능한 일이다. 무엇보다 새로움을 추구해야 한다. 도전의식이 있어야 한다는 뜻이다. 도전이 어떤 자리나 지위만 말하는 것은 아니다. 무언가 새로운 세계를 들여다보는 것도 하나의 도전이다. 오늘도 잠시 뒤 3시에 운동을 나간다. 이 또한 도전이다. 내가 살아 숨쉰다는.

자기 허물은 못 보는 법

사람이 자기 허물은 못 본다. 나 역시 마찬가지. 나라고 흠이나 결점이 없을 리 없다. 누구든지 자기 식대로 산다. 따라서 어떻게 사느냐가 중요하다. 말할 것도 없이 잘 살아야 한다. 그럼 어떤 것이 잘 사는 걸까. 그것 또한 사람마다 다를 터. 추구하는 것이 각자 다르기 때문이다. 내가 사는 방식은 지극히 단순하다. 여러 번 얘기했지만 무리를 하지 않는 것. 순리대로 산다는 얘기다. 그러려면 분수를 지켜야 한다. 가진 것도 없는데 부자 흉내를 내서는 안 된다. 아는 것도 없는데 잘난 체를 하면 안 된다. 몸이 약한데 건강을 과신하면 안 된다. 이는 긍정적인 사고와 상관없다. 그런 바탕에서 긍정적인 마인드가 생긴다. 나도 100% 나를 모른다. 하물며 남이 나를 얼마나 알겠는가. 자기 자신을 알아야 인간관계를 잘 할 수 있다. 내가 새벽마다 나를 돌아보는 이유이기도 하다. 겸손을 자락에 깔고 있어야 한다. 자기를 낮출 때 내가 보이는 법. 지금까지 살아오면서 터득한 진리라고 할 수 있다.

왜 페이스북을 합니까

네이버의 청소년과 대학생 인기검색어를 살펴보았다. 물론 인기검색어는 시시각각 변한다. 어제 오후 5시 기준이다. 청소년 인기검색어 1위는 단연 페이스북이었다. 무려 29.5%나 됐다. 대학생 인기검색어 3위도 페이스북. 페이스북이 젊은 층에게도 그만큼 인기가 있다는 얘기다. 이는 무조건 페이스북을 해야 한다는 말과 일맥상통한다. 요즘 대학생들에게 강의할 때 SNS, 특히 페이스북에 시간을 가장 많이 할애한다. 말하자면 대세를 따르는 것. 향후 5~10년은 페이스북이 세상을 일정 부분 지배한다고 해도 과언이 아닐 것 같다. 그 뒤에는 또 다른 무엇이 나올지 모른다. 유행에 뒤떨어지면 안 된다. 앞서가지는 못할망정 낙오자는 되지 말아야 한다. 더욱이 SNS를 하지 않는다며 자랑하는 사람도 있다. 정말 어리석다고 할 수 있다. 사람마다 취향이 다른데 무슨 상관 있냐고 따지기도 한다. 그럼 할 말은 없다. 자기 합리화의 함정이랄까. 거듭 말하지만 SNS는 당위다.

인문학이 외면당해서야

다시 오늘이다. 어젠 대구서 3가지 일정을 소화하고 올라왔다. 오전 강의, 대경대 교수님들과 점심, 대구서부지청장님 방문. 게다가 미인대회 초청장까지. 모두 기쁘고 행복한 일들. 그런 만큼 피곤하지도 않았다. 그럼 오늘은 무슨 일이 있을까. 우선 오전, 오후 1시간씩 아세아항공직업전문학교서 특강을 한다. 젊은 학생들과 만나는 것도 축복이다. 젊은 친구들을 보면 안쓰럽다는 생각도 든다. 그들의 목표는 딱 하나. 첫째도, 둘째도 취업이다. 직장 들어가기가 그만큼 어렵다는 얘기이기도 하다. 때문인지 아세아학교에는 4년제 대학을 중퇴하고 들어온 학생들도 적지 않다. 취업하려면 직업 전문학교가 낫다고 판단해서 그럴 게다. 예전처럼 대학의 낭만은 없다. 죽어라고 취업 준비해야 할 판이다. 인문계는 막상 갈 데도 없고, 오라는 데도 없다. 기업들도 인문학이 중요하다고 하면서도 뽑지는 않는다. 인문학이 고사될 위기다. 학과 통폐합이나 폐과 1순위다. 그럼에도 해결책이 없다시피 하다. 이를 어찌해야 할까.

5월 29日

이런 낭패를 볼 줄이야

어제도 황당한 일을 겪었다. 일정이 모두 지워지고, 전화번호도 일부 날아간 것. 메시지도 1년 치가 몽땅 없어졌다. 휴대폰에 'T cloud' 창이 떠 복구, 복원을 눌러봤다. 그랬더니 순간적으로 일부 자료가 삭제됐다. 내가 잘못 만져 실수한 셈이다. 스케줄이 가장 문제다. 1년 치를 스마트폰에 저장해 놓았기 때문이다. 아무리 복구하려고 해도 되지 않았다. 전화번호 역시 마찬가지. 전화번호는 작년 12월 이후 저장한 게 지워졌다. 다행히 카톡은 그대로 있었다. 그래서 자주 연락하는 몇몇 지인들에게는 번호를 다시 물어보았다. 기계는 편리한 점이 많다. 그러나 한꺼번에 자료가 유실되는 단점도 있다. 네이버 주소록을 깔았다. 작년 12월 휴대폰이 망가져 바꾼 적이 있다. 그때도 전화번호 5,000여 개가 모두 지워졌다. 필요한 번호만 겨우 복구해 놓았는데 또다시 낭패를 본 것. 기계는 가급적 만지지 않는 것이 좋다. 호기심에 이것저것 눌러보다 모두를 잃을 수 있다. 페친께서도 참고하시라.

그냥 생긴 대로 살자

하루에 거울을 한 번도 안 보는 사람은 없을 게다. 몸을 가꾸는 것은 자신뿐만 아니라 남에 대한 예의이기도 하다. 나도 몇 번은 보는 것 같다. 아침에 씻고 머리를 빗은 뒤 출근할 때는 반드시 본다. 또 화장실에 갈 때마다 거울이 있으니 들여다보게 된다. 최근 내 얼굴을 보고 나도 깜짝 놀랐다. 머리 색깔은 그렇다 치고 눈썹까지 거의 하얗다. 흰 눈썹이 부쩍 늘었다고 할까. 검은 눈썹보다 훨씬 많다. 사진을 찍어도 하얗게 나온다. 마치 산신령을 연상케 한다. 누구는 눈썹만이라도 염색하라고 한다. 하지만 그럴 생각은 없다. 눈썹이 희면 어떠랴. 생긴 대로 살 생각이다. 1~2년 뒤면 완전히 하얀 눈썹으로 바뀔 것 같다. 그동안 흰머리가 트레이드마크처럼 비쳤다. 이제는 흰 눈썹이 그 자리를 차지할 듯하다. 남자는 머리 빠지는 것을 가장 신경 쓴다. 나이가 들면 머리숱도 적어진다. 나는 원래 머리숱이 적은 편이다. 그래도 머리가 벗겨지지는 않았다. 아무렴 어떤가. 생긴 대로 그냥 살자.

이젠 미인대회까지

앞서 말씀드린 대로 오늘 저녁 미인대회에 간다. 언론계 대표로 특별히 초대를 받았다. 미스인터콘티넨탈 한국 대회. 각 지역에서 뽑힌 19명이 출전한단다. 요즘 한참 주가를 올리고 있는 양정원도 이 대회 출신. 지인들에게도 이 같은 소식을 알렸다. 모두 부러워했다. 미인 보러 간다는데 누가 싫어하겠는가. 미인대회까지 영역을 넓혔냐고 하는 사람도 있다. 내가 방송출연 등 이것저것 마다하지 않고 있기 때문이다. 이번엔 페친의 초청으로 간다. 페이스북이 아니었더라면 이런 기회를 잡지 못했을 것. 현재 소통의 마당으론 페북만 한 것이 없다. 내가 미인대회에 관심을 보였던 것이 계기가 됐다. 대구한의대 학장으로 있는 친구가 미인대회 심사를 한 적이 있다. 내가 부럽다는 댓글을 남겼다. "나는 언제나 한번 심사해볼까." 페친이 그 댓글을 보고 나를 초대했다. 아직 뵙지 못한 페친이다. 오늘 뵙게 될 터. 장소는 서울 리버사이드 호텔. 대회는 저녁 6시부터 시작한다. 근무를 마치고 조금 일찍 회사를 나설 참이다. 벌써부터 설렌다. 기분 좋게 하루를 연다.

5月
*

6月

No 대신 Yes

나보고 대단하다는 사람들이 많다. 답은 "그렇지 않음"이다. 누구나 할 수 있다는 얘기다. 내 나이 57세다. 적지 않은 나이다. 그러나 하고자 하는 의욕과 의지만 있으면 된다. "나는 할 수 있다."는 자신감이 꼭 필요하다. "내가 그것을 어떻게 해." 그럼 아무 것도 할 수 없다. 자신감이 없기 때문이다. "그래, 한 번 해보자."고 달려들어야 한다. 내 입에서 '노'는 나오지 않는다. 다시 말해 '예스맨'이 되라는 뜻이다. 사실 새벽에 일찍 일어나는 것은 힘들다. 나도 처음부터 일찍 일어난 것은 아니다. 더러 일어나기 싫은 때도 있었다. 하지만 지금은 다르다. 몇 시에 자든 네 시간만 자면 저절로 눈이 떠진다. 이제는 습관으로 굳어졌다. 뭐든지 몸에 배야 한다. 그래야만 자기 것이 된다. 그 첫 번째는 실천이다. 작심삼일은 안 된다. 실천이 곧 성공의 지름길이다.

아침엔 무엇을 드세요

나의 아침 식사도 무척 이르다. 보통 새벽 1~2시에 먹는다. 눈을 뜨자마자 식사를 하기 때문이다. 간단해서 내가 챙겨 먹을 수 있다. 과일과 커피 한 잔이면 족하다. 오늘은 바나나 한 개, 봉지 커피 한 잔으로 때웠다. 예전에는 사과를 주로 먹었다. 새벽 과일은 보약이라고 했다. 그 다음 마시는 커피도 최고. 이처럼 소식小食을 하면 좋은 점이 있다. 점심을 정말 맛있게 먹을 수 있다. 무엇을 먹더라도 맛있다. 아침 식사 후 10시간 뒤쯤 먹으니 무엇인들 안 맛있겠느냐. 이런 식사 습관도 10여 년이 넘었다. 과일을 먹지 않을 때는 떡이나 빵을 먹는다. 떡은 절편 5~6개, 빵도 1개면 족하다. 저녁은 공기밥 4분의 3정도 먹는다. 일찍 자니까 야식도 안 한다. 내가 30년 동안 같은 체중을 유지하는 비결인지도 모른다. 많이 먹는 것보다는 적게 먹는 것이 좋다. 물만 먹어도 살찐다고 하는 사람은 거짓이다. 먹지 않고선 살이 찔 수 없다. 살과의 전쟁. 식습관과 관련이 있다. 새벽부터 먹는 타령을 했다.

한강 예찬

한강 예찬을 자주 한다. 정말 아름답다. 나는 거의 날마다 보니 복 받은 사람이다. 기회가 되면 한강 전체 물길을 걷고 싶다. 요즘은 한강에서 여명을 맞이한다. 해 뜰 무렵이 특히 아름답다. 정각 5시에 가로등이 꺼진다. 내가 서울 당산동 집을 나서는 시간은 3~4시 사이. 더러 1~2시에도 나간다. 안양천을 따라 한강합수부까지 간다. 안양천도 무척 넓다. 특히 둔치가 잘 발달돼 있다. 풀과 나무가 많다. 그래서 전혀 지루함을 느끼지 않는다. 팔뚝만 한 잉어들이 풍덩거린다. 각종 새도 먹이 사냥을 한다. 게다가 집 나온 야생 고양이도 마주친다. 그러는 사이 한강에 도착한다. 한강은 망망대해. 세느 강도, 테임즈 강도 한강만 하랴. 더군다나 한강은 수도 서울 중앙을 가로지른다. 전 세계에 이런 곳은 없다. 신이 서울시민에게 축복을 내렸다고 할까. 나도 수혜자 중 한 사람이다. 보통 한강합수부에서 성산대교-선유도-양화대교를 거쳐 집으로 돌아온다. 한강의 절경을 맛볼 수 있는 코스다. 종종 여의도까지 갈 때도 있다. 오늘도 잠시 뒤 나간다. 연휴 마지막 날도 만끽하시라.

서로 돕고 삽시다

올 들어 페이스북을 통해 연락해 오는 페친들이 부쩍 늘었다. 나에게 도움 또는 자문을 구하기 위해서다. 내가 먼저 노를 하는 경우는 없다. 시간이 허락하는 한 만난다. 모두 얼굴을 모르는 분들이다. 페북에서 내 글이나 활동상을 보고 연락해온 경우다. 요즘은 벤처나 작은 사업을 하는 분들이 주로 보자고 한다. 그들에게 조금의 도움이라도 된다면 영광이다. 나에게 손을 내밀 때는 나를 믿는다는 얘기와 다름없다. 그런 만큼 그들을 실망시키지 않기 위해 최선을 다한다. 다른 것은 없다. 페이스북에 있는 그대로 나의 모습을 보여준다. 겉과 속이 다르면 안 되기 때문이다. 어제 찾아온 에듀클라우드 조성훈 대표께는 내 콘텐츠를 다 써도 된다고 했다. 이젠 SNS 시대. 특히 대표격인 페이스북을 적절히 활용할 필요가 있다. 소통의 마당으로는 최고다. 내일은 대경대 종강. 대구에서 스포츠 관련 사업을 하는 페친도 뵙기로 했다. 그분께도 내가 도움이 될지는 모르겠다. 서로 돕고 사는 세상이 아름답다. 삶을 보다 윤택하게 하는 진리다.

6月9日

나는 행복한 사람

　오늘 종강을 한다. 이번 학기는 굉장히 빨리 끝난 느낌이 든다. 매주 목요일 대구에 내려갔는데 공휴일이 이틀 정도 끼어 그런지도 모르겠다. 대경대 피부미용과, 세계호텔제과제빵과, 와인바리스타학과 학생들이 주로 강의를 들었다. 먼저 수강한 학생들에게 고마움을 전한다. 아무리 명강의라 하더라도 학생이 없으면 문을 닫아야 한다. 오늘은 마무리 차원에서 특강을 할 계획이다. 주제는 4개. 새벽, 도전, 실천, SNS다. 내가 외부 특강에서 강조하는 것. 학생들에게도 똑같이 해당된다. 새벽은 나의 트레이드마크. 오늘 역시 3시에 나가 1시간 30분가량 운동을 마치고 들어와 대구에 내려갈 참이다. 도전과 실천도 중요하다. 생활화해야만 효과를 거둘 수 있다. SNS는 이제 필연적으로 해야 한다. 유행을 따라가기 위해서다. 그 중에서도 페이스북은 필수. 내가 페이스북과 친한 이유이기도 하다. 내일은 서울 아세아항공직업전문학교 종강. 1학기 대단원의 막을 내리는 셈이다. 젊은 학생들을 가르치는 나는 행복한 사람. 그저 감사하고, 고마울 따름이다.

바보 세상

오늘은 성북동 누브티스에서 바보당 2차 모임을 한다. 지난번 여의도에서 창립식을 가진 뒤 두 번째다. 고문이기도 한 이경순 누브티스 대표님이 초대를 해주셨다. 우리 모임은 소수정예를 원칙으로 한다. 그리고 모두 당직을 맡았다. 내가 총재, 이기영 원내대표, 박경후 사무총장, 김중성 정책위의장. 4명이 원년 멤버라고 할 수 있다. 여기에 상임고문이 두 명. 이 대표님과 안정선 이사장님이 그들이다. 그러니까 현재 6명이 정규 멤버인 셈이다. 우리 모임은 합의제다. 한 사람이라도 반대하면 누구도 가입할 수 없다. 절차가 굉장히 까다롭다고 할까. 회원은 두 자릿수를 넘기지 않을 계획이다. 최대 9명. 죽을 때까지 뜻을 함께 하기로 했다. 아마도 그렇게 될 것이다. 여섯 모두 순수하다. 우선 바보 같아야 가입할 수 있기 때문이다. 바보를 자처하는 나. 나머지 다섯 명도 천생 바보다. 내가 꿈꾸는 세상도 바보 천지. 바보는 거짓말을 할 줄 모른다. 정직을 모토로 삼는 나에게 딱이다. 재미있는 하루가 될 것 같다.

행복의 기준이 있나요.

　행복의 기준은 자의적이다. 내가 행복하면 되는 것이다. 따라서 사람마다 눈높이가 다르다고 본다. 어떤 이는 돈을, 또 어떤 이는 자리를 잣대로 삼을지도 모른다. 돈이 많고 자리가 높으면 상대적으로 행복감을 느끼는 사람도 있을 터. 내 기준은 조금 다르다. 그보다는 건강과 인간관계를 더 중시한다. 몸이 건강하고 좋은 사람들과 만나 즐기면 최고. 어제 바보당 모임 역시 그랬다. 여섯 모두 열심히 사는 사람들. 무엇보다 정신적으로 건강하다. 이경순 누브티스 대표님은 꼭 소녀 같다. 어찌나 마음이 고운지 모른다. 그냥 퍼주는 스타일. 나머지 다섯 명은 쥐띠 동갑내기. 안정선 이사장님은 페북을 통해 만났다. 여장부 스타일이다. 그러면서도 섬세하다. 박경후 친구도 멋지다. 남자보다 낫다고 칭찬한 바 있다. 이기영 월간미술 대표. 경상남도 함양 촌놈이다. 발로 뛰는 CEO다. 최근 대기업에 있다가 퇴직한 김중성 친구. 전남 완도가 고향이다. 역시 촌놈. 나도 충남 보령 출신. 여섯 명이 만나면 시간가는 줄 모른다. 어젠 바보당을 결성한 뒤 2차 모임. 그런 만

큼 3차 모임도 기대된다. 입회비를 내고 들어오겠다는 분(?)들도
있다. 그러나 억 소리 나는 입회비에 금세 포기. 웃자고 한 말이
다. 오늘도 멋진 날 되시라.

작은 결혼식을 치르고 싶은데

최근 결혼을 알리는 청첩장이나 메시지를 여러 통 받았다. 솔직히 반가운 사람도 있고, 그렇지 않은 사람도 있다. 생전 연락이 없다가 소식을 알려올 땐 좀 난감하다. 인사를 해야 하나, 말아야 하나. 경조사는 가급적 챙기는 편이다. 그러나 다 챙길 수는 없다. 시간적으로도, 경제적으로도 그렇다. 그래서 나는 작은 결혼식을 생각 중이다. 아들 하나인데 왜 그러느냐고 반문하는 사람도 있다. 친인척과 아주 가까운 지인만 초대해 결혼식을 치르고 싶다. 아직까지는 나만의 생각이다. 아내도 있고, 아들도 있고, 사돈댁도 있다. 한 명이라도 반대할 경우 작은 결혼식은 치르기 어렵다. 모두 내 뜻에 동의해 주었으면 하는 바람이다. 그것이 실현될까.

"한강으로 초대할까요"

새벽 한강은 정말 멋지다. 특히 여명이 아름답다. 내가 보통 당산동 집에서 출발하는 시간은 3시. 그럼 여명을 제대로 볼 수 없다. 너무 이르기 때문이다. 3시 30분쯤 나가면 적당하다. 한강합수부 '오풍연 의자'에서 10~20분쯤 쉬고 성산대교 방향으로 틀면 멋진 장면을 볼 수 있다. 한강 다리 중 성산대교가 가장 아름답지 않을까. 성산대교를 지나면 바로 선유도에 닿는다. 고가다리에서 바라보는 여의도 풍광은 최고다. 뉴욕 맨해튼 못지않다. 페친들과 새벽 산책을 계획해 보아야 하겠다. 일전에 서울 용두초 졸업생들과 오풍연 산책로는 함께 걸은 적이 있다. 물론 오전에 걸었다.

한강의 여명을 보려면 늦어도 새벽 4시쯤 만나야 한다. 희망하시는 분이 있으면 연락 달라. 언제든지 환영한다.

기아대책기구 정주영 본부장님

오늘은 귀한 손님이 멀리 부산서 오신다. 내 4,444번째 페친인 기아대책기구 정주영 부산본부장님. 서울에 회의가 있어 오신 김에 나와 만나기로 한 것. 정 본부장님을 모시고 이경순 대표님도 소개해 드릴 겸 성북동 누브티스에 갈 참이다. 지난 3월 말 부산 롯데호텔에 특강하러 갔다가 정 본부장님을 처음 뵈었었다. 당시 큰 환대를 받았다. 정 본부장님이 롯데호텔에 나를 만나러 왔고, 내 특강을 들은 뒤 다시 부산역까지 데려다 주셨다. 그리고 저녁도 얻어먹었다. 오늘은 내가 갚을 차례. 굉장히 열정적인 커리어 우먼이다. 그리고 학구파. NGO 활동에 딱 어울리는 여성이다. 요즘 나를 따라 새벽 운동도 시작하셨다. 중도에 포기하지 않고, 끝까지 하실 것으로 생각한다. 무슨 일을 하든지 의지가 있어야 한다. 하고자 하는 뜻이 가장 중요하다. 그런 점에서 볼 때 나와 정 본부장님은 닮은 점이 있다. 적어도 의지만큼은 남에 뒤지지 않는다는 것. 오늘도 유쾌한 저녁이 될 것 같다. 인생은 즐겁다.

작은 기부, 큰 보람

어제 기아대책기구에서 일하는 두 분과 저녁을 함께 했다. 정주영 부산본부장님은 말씀드린 바 있다. 전두위 모금홍보본부 본부장님도 오셔서 자리를 같이 했다. 여러 가지 활동상을 들을 수 있는 소중한 기회였다. 기아대책기구는 국제개발 NGO다. 유니세프, 사랑의열매, 월드비전, 굿네이버스와 같은 구호단체다. 나도 기아대책기구의 부끄러운 후원자다. 4,444번째 페친인 정 본부장과 인연이 계기가 됐다. 4,444번째 페친께 점심을 대접하고 책을 드리겠다고 공지했었다. 정 본부장님이 당첨이 됐다. 그런데 부산에 계셔서 식사를 대접할 수 있는 자리는 갖지 못했다. 대신 후원을 해주면 어떻겠느냐고 제안하셨다. 그래서 바로 오케이를 했다. 개인 한 사람당 한 구좌는 한 달 3만 원이다. 나는 2014년 12월부터 인도 어린이를 후원한다. 작은 기부를 실천하고 있는 셈이다. 5년 안에 1억 원을 기부하는 필란트로피 회원도 30명가량 된단다. 정말 훌륭한 분들이다. 나도 그러고 싶지만 능력이 닿지 않는다. 기부도 생활화하는 것이 바람직하다. 작은 기부도 있다. 관심을 가져달라.

가정이 화목해지려면

부부지간. 가깝고도 먼 사이다. 헤어지면 남남이 된다. 따라서 굉장히 어려운 사이라고도 할 수 있다. 하지만 남편은 아내, 아내는 남편밖에 없다고 해도 과언이 아니다. 자식도 소용없다. 늙어갈수록 그렇단다. 그럼 부부간에 가장 중요한 게 뭘까. 믿음이다. 그러려면 거짓이 없어야 한다. 하지만 100% 다 알 수는 없는 일. 최대한 알려고 노력하고, 모든 것을 알릴 의무가 있다. 그래야만 완벽한 부부가 될 수 있다. 그럼 우리 부부는 어떤가. 95% 이상 안다고 할까. 둘 사이에 거짓은 거의 없다는 얘기다. 내가 아내를, 아내가 나를 믿는 이유다. 그런 만큼 한 번도 얼굴을 붉혀본 적이 없다. 집에 온기는 돈다. 웃음이 멈춘 가정은 삭막하다. 웃음으로 시작해 웃음으로 끝내야 한다. 나는 항상 웃는다. 날마다 좋고, 즐겁기 때문이다. 더러 실없는 사람으로 비칠지도 모른다. 그래도 웃으면서 살련다.

비움의 철학

　요즘 나는 철저히 비움을 즐기고 있다. '비움의 철학'이라고 할까. 돈과 자리에 대한 욕심을 내려놓으면 가능하다. 그럼 아쉬울 것도, 부러운 것도, 두려울 것도 없다. 누구로부터도 간섭을 받지 않는다. 그래서 내 스타일대로 산다. 국민의당 박지원 원내대표님도 댓글을 달으셨다. 어쩜 그렇게 "일찍 자고 일찍 일어날 수 있느냐."고 하셨다. 비결은 간단하다. 졸리면 자고, 눈 뜨면 일어나고, 배고프면 밥 먹는다. 내가 사는 방식이기도 하다. 남을 의식하지 않으니까 그렇게 할 수 있다. 대신 남에게 피해를 주면 안 된다. 내가 지금 처한 환경과도 무관치 않다. 나는 지금 프리랜서에 가깝다. 신문사와 대학 두 곳에 적을 두고 있지만 모두 비정규직이다. 그러니까 훨씬 자유롭다. 여러 일을 하고 있지만 수입도 많지 않다. 남한테 아쉬운 소리 않고 밥을 먹고 살 수 있을 정도다. 그럼 된다고 생각한다. 더 이상은 호사다. 유식한 말로 안분지족 安分知足이다.

가족, 옆에 있는 것만으로 든든합니다

나의 재산 목록 1호는 가족이다. 솔직히 예전엔 잘 몰랐다. 당연히 함께 있는 사람들로만 여겼다. 그러다가 50세부터 바뀌었다. 그들이 있기에 오늘의 내가 있다는 사실을 깨달았다. 옆에 있는 것만으로도 든든하다. 언제나 우군이다. 직계는 많지도 않다. 아내와 아들, 나를 포함해 3명이다. 장모님도 만 24년째 모시고 있으니 한 가족이나 마찬가지다. 조금 범위를 넓히면 우리 형제들이 있다. 5남매다. 아무리 어려워도 가족을 생각하면 저절로 힘이 솟는다. 그들을 부양할 책임은 나에게 있다. 일을 사랑하는 이유이기도 하다. 일과 가족. 우선순위 맨 윗자리에 있다. 가족과는 시간을 많이 보내는 게 가장 중요하다. 그런데 일을 핑계로 등한시하는 사람들도 적지 않다. 당장 내일 죽는다면 얼마나 후회하겠는가. 애플 창시자 스티브 잡스도 죽기 전 이런 말을 했다. "가족과 많은 시간을 보내지 못해 후회스럽다." 내가 조금 바쁘다고 한들 잡스보다 더 바쁘겠는가. 오늘도 가족을 생각하면서 하루를 시작한다.

제2의 인생을 시작하게 된 계기

다시 오늘을 맞았다. 매일 똑같은 일상이지만 하루가 좋다. 아침에 회사 행사가 있어 조선호텔에 간다. 내일은 창간 16주년 기념식을 롯데호텔에서 한다. 조찬을 겸한 행사다. 아마 창간 행사를 특급 호텔에서 하는 언론사도 드물 것이다. 파이낸셜뉴스는 매년 이 같은 행사를 한다. 나도 이 신문사로 온 후 세 번째 참석한다. 올 10월이면 만 4년 근무. 2012년 10월 4일 입사했다. 나에게 제2의 인생을 다시 시작하게 해준 고마운 신문사다. 서울신문 사장에 도전했다가 실패한 뒤 백수생활을 하고 있었다. 우연찮게 페이스북 댓글을 통해 입사하게된 경우다. 그래서 내가 더 페북을 아끼는지도 모르겠다. 한 후배가 댓글로 다리를 놓아주었다. "오 선배, 쉬고 있는 것 같은데 파이낸셜뉴스서 일해 볼 생각 있습니까?" 이런 내용으로 기억한다. 당시 지푸라기라도 잡아야 할 처지였다. 조건이고 뭐고 생각하지 않고 바로 오케이를 했다. 그리고 입사하게 됐다. 지금은 아주 만족한다. 일할 공간이 있는 것만으로도 행복하고 감사한 마음이다.

6월 24일

투잡을 갖게 되기까지

이제 방학이라 매주 목요일 대구에 내려가지 않는다. 8월말까지 방학이다. 대신 회사로 출근해 근무한다. 그래서 어제 롯데호텔서 열린 창간 16주년 기념식에 참석할 수 있었다. 한 학기 학사 일정은 16주다. 4개월이 채 안 되는 셈이다. 공휴일도 끼어 있어 보통 13~14번 가량 강의를 하는 것 같다. 최선을 다한다고 하지만, 학기가 끝나면 아쉬움도 남는다. 내 강의는 전공과목이 아니다. 2학점짜리 교양과목이어서 그런지 학생들도 덜 몰입한다. 점수를 매기되 성적표는 통과, 비통과로만 표기된다. 내 강의의 8대 키워드가 있다. 정직, 성실, 겸손, 부지런함과 함께 새벽, 도전, 실천, SNS를 강조한다. 학기 내내 똑같은 말만 한다. 이번 학기까지 8학기, 그러니까 만 4년을 강의했다. 기억에 남는 학생들도 있다. 강의를 하다 보면 유독 눈에 띄는 학생도 보인다. 정말 진지하게 강의를 듣는다. 나한테 강의를 할 수 있도록 기회를 준 대경대 측이 고맙다. 논설위원으로서 글쓰기와 교수로서 강의. 둘 다 포기할 수 없는 나의 일들이다.

올해 반년도 감사했다

6월 마지막 주다. 올해도 절반이 지나간 셈이다. 세월이 왜 이렇게 빠를까. 반년 동안 크고 작은 일도 있었다. 그래도 가장 기념비적인 일은 10번째 에세이집의 출간. 지난 2월 내 생일음력 1월 18일 즈음 『새벽 찬가』가 나왔다. 이 같은 기회를 만들어준 행복에너지 권선복 대표님께 거듭 고마움을 전한다. 몇 번 얘기했지만 책은 작가가 내려고 한다고 해서 낼 수도 없다. 출판사 측의 OK 사인이 떨어져야 비로소 빛을 볼 수 있다. 요즘 같은 불황기에 10번째 책은 거의 기적에 가깝다. 다시 10권을 쓰라고 하면 못 쓸 것도 같다. 물론 11번째 에세이집도 집필 중이다. 하지만 언제 낼지는 알 수 없다. 지난 3월 초 폐렴으로 입원했던 것도 큰 사건이다. 건강했던 내가 병원 신세를 지리라곤 생각도 못했다. 그러나 현실로 받아들일 수밖에 없었다. "건강을 과신해서는 안 된다."는 교훈도 얻었다. 그 뒤로 더 조심하고 신경을 쓰게 됐다. 미스인터콘티넨탈 서울대회에 특별 게스트로 참석한 것도 재미있었다. 최종 수상자 6명 중 5명과 인연이 닿아 소통을 이어가고 있다. 아들보다

어린 아이들이다. 우리에게 딸이 없어서 그런지 참 기특하고 예쁘다. 이 아이들이 평소 꿈을 꼭 이뤘으면 좋겠다. 오늘은 2등 했던 문지현이가 회사로 찾아올 예정이다. 금요일까지 근무하고 토요일 여름휴가를 떠난다. 서울에서 가까운 양평 중미산 자연휴양림. 장모님까지 우리 네 식구가 함께 간다. 2박 3일간 자연 속에서 휴식을 취할 생각이다. 다음 6개월도 다르지 않을 터. 내가 사는 모습이다.

나의 꿈이 이뤄질까

나는 지금 행복하다고 할 수 있을까. "그렇다."고 대답할 수 있
겠다. 행복의 기준과 잣대는 사람마다 다를 수밖에 없다. 무엇이
행복이라고 하는 정답도 없다. 내가 행복을 느낀다면 그것이 바로
행복이다. 나의 행복관은 지극히 단순하다. 밥 세 끼 먹고, 남한테
아쉬운 소리 안 하면 된다. 지금 밥 굶는 사람이야 있겠는가. 따라
서 남에게 피해를 안 주면서 살면 되는 것이다. 그래야 자기다운
삶을 영위할 수 있다. 간혹 아내로부터 핀잔도 듣는다. "자기는 돈
도 없고, 자리도 높지 않은데 뭐가 그리 행복하냐."고. 보통 사람
들은 행복을 돈과 지위에 비교할지도 모른다. 그중에서 돈을 더
칠 것으로 본다. 사실 살아가는 데 돈도 필요하다. 없으면 아쉬운
게 돈이다. 그러나 너무 많아도 탈. 재벌가 형제들의 난을 봐도 그
렇다. 돈은 최소한도만 있으면 OK. 물론 그것 역시 사람마다 다
를 터. 자리도 마찬가지다. 높다고 행복과 직결되지는 않는다. 현
재 자기 자리에서 만족하면 된다. 나도 지금 하고 있는 일에 보람
을 느낀다. 크지 않은 신문사의 논설위원, 지방 조그만 대학의 초

빙 교수, 이름이 알려지지 않은 작가, 고정 칼럼 집필 등. 게다가 누구보다 일찍 하루를 연다. 나의 목표는 86세까지 건강하게 사는 것. 작년에 30년짜리 하이패스 카드를 받고 이 같은 목표를 세운 바 있다. 나의 꿈이 이뤄질까.

휴넷 오풍연 이사의 행복일기
*

오H 바보당이냐고요

　어제 바보당 친구들과 번개 모임을 가졌다. 오후 들어 갑자기 만나기로 한 것. 전체 멤버 6명 가운데 4명이 참석했다. 프랑스 여행 중인 이경순 누브티스 대표님과 국내서 선약이 있었던 이기영 월간미술 대표는 참석하지 못했다. 총재인 나, 안정선 상임고문, 박경후 사무총장, 김중성 정책위 의장이 함께 했다. 최근 경후 친구가 수술을 받았다. 위로 겸 몸보신 차 만났던 것. 그래서 대방 싸리집에 갔던 것이다. 큰 수술을 하고 나면 의사들도 보신탕을 먹으라고 권한다. 나도 올 들어 보신탕을 처음 먹었다. 여의도에서는 한 번도 먹어본 적이 없다. 건강까지 챙겨주는 게 진정한 친구다. 다행히 경후 친구가 잘 먹었다. 사실 바보당은 올해 결성했다. 역사는 짧지만 든든한 모임이다. 멤버들이 모두 순진하다. 그래서 바보당이라고 이름을 지었던 것. 친구가 있어 멀리서 찾아오면 또한 기쁘지 아니한가. 논어의 한 대목이 생각나는 하루였다.

청개구리 선생님

청개구리 위원장님! 열심히 지내구 있어용~ 근데 시간 활용이 진짜 제일 힘든 것 같아요…. 스케줄 쪼개서 하루하루 알차게 보내려곤 하는데 오풍연 선생님의 발의 발톱의 끝부분…인 것 같습니당.

한 페친이 이같은 메시지를 보내왔다. '청개구리' 최근 또 다른 페친이 붙여준 별명이다. 이것을 본 뒤 청개구리라고 했단다. 청개구리라고 하면 재미있는 설화도 있다. 내가 그런 사람일까. '청개구리'하면 말을 잘 듣지 않고 반대로만 하는 사람을 연상한다. 민간에 널리 알려진 청개구리 설화가 그렇다. 옛날 어느 마을에 말을 듣지 않기로 유명한 아들이 있었다. 이 아들 때문에 속을 썩이던 어머니는 자기가 죽은 뒤 양지바른 곳에 묻어달라고 하면 나쁜 곳에 묻어 줄까 봐 냇가 근처에 묻어달라고 유언했다. 어머니가 죽은 뒤 비로소 정신을 차린 아들은 어머니의 유언대로 냇가에 장사지내고 비만 오면 혹시 무덤이 떠내려 갈까 봐 걱정하다 죽어서 청개구리가 되었다는 내용이다. 이 설화에서 미련하기는 하나

결코 밉지 않은 불효자를 만날 수 있다. 말을 안 듣지만 결코 밉지는 않은 사람을 흔히 청개구리에 비유한다. 아내도 가끔 나보고 청개구리 같은 사람이라며 힐난한다. 새벽 운동을 나가지 말라고 하면 더 일찍 나간다고 나무란다. 이제는 '청개구리 선생님'으로 별명을 바꾸어야 할 듯싶다. 그러나 싫지 않게 들린다. 밉지 않은 사람으로 봐주기 바란다.

7月

누군가와 함께 행복을

누군가와 함께 한다는 것은 정말 멋진 일이다. 어제도 그런 날이었다. 아세아항공직업전문학교 전영숙 이사장님과 박지연 실장님을 뵐 수 있었다. 미스인터콘티넨탈 서울대회에서 입상한 지현이도 자리를 함께 했다. 나만 남자. 청일점이었던 것이다. 전 이사장님과 박 실장님은 분야의 베테랑. 지현이는 그분들로부터 귀중한 얘기를 들을 수 있었다. 그래서 인사시켰던 것. 두 분은 여러 가지 얘기를 들려주었다. 내가 처음 듣는 얘기도 있었다. 여의도 콘래드호텔 아트리오에서 뵈었다. 나도 오랜만에 갔다. 박정주 지배인을 비롯한 모든 직원들이 반갑게 맞아준다. 특히 이은솔씨가 환한 웃음으로 자리를 안내했다. 은솔씨를 위해 9번째 에세이집『오풍연처럼』을 준비해 갖고 갔다. 언제 봐도 밝고 명랑하다. 6월 마지막 날 밤이라 그런지 평소 저녁보다 손님이 많았다. 음식은 넷이 똑같은 것을 시켰다. 바닷가재가 들어있는 파스타. 주로 봉골레 파스타를 먹다가 얼마 전부터 메뉴를 바꾸었는데 맛있다. 나뿐만 아니라 모두 맛있게 먹었다. 2층 아트리오에서 일하다 37층으로 옮긴 전소정 지배인과 원민아 씨도 만났다. 식사를 마친 뒤 37층 그릴로 올라가 잠시 대화를 나눴다. 내가 아트리오를 아끼게 된 것도 전 지배인 때문이다. 3년 전쯤 일인 듯싶다. 콘래드가 막 오픈하고 얼마 지나지 않아서의 일이다. 비가 많이 오던 날이었는데 커다란 우산을 갖다 주었다. 그러면서 "아무 때고 오실 때 갖다 달라."고 했다. 작은 친절이 나를 감동시켰다. 사실 우산 없이 갔는데 큰 비가 오면 난감하다. 그런 때 구세주가 나타났으니 내가 잊을 리 없다. 그 뒤로 전 지배인과 가깝게 지냈다. 학생들에게 친절을 강의할 때 꼭 인용하는 대목이기도 하다. 어제 밤에도 전 지배인이 멋진 망고 빙수를 내주셨다. 그리고 집에 들어와 함께 했던 분들께 고맙다는 메시지를 남겼다. 황홀한 밤이라고 아니할 수 없었다. 내가 가꾸어가는 행복이다.

7月
*

7月3日

중미산 자연휴양림에서 맞은 새벽

산속에서 새벽을 맞았다. 밖은 칠흑 같은 어둠이다. 도시와 다르다. 빛이 없다. 사방은 조용하다. 이런 맛에 산을 찾는지도 모르겠다. 휴가 첫날 멋지게 보냈다. 서울 당산동 집을 출발한 시간은 오전 11시. 중미산에 가기 전 페친이기도 한 양평 부용리 최일순 누님 집에 들렀다. 일순 누님은 이경순 누브티스 대표님의 정신여고 친구다. 43년 지기. 몇 해 전 서울을 떠나 이곳에 자리 잡으셨다. 집이 아담하고 예쁘다. 두 아들은 서울에 있고 혼자 전원생활을 하신다. 우리 가족을 위해 점심도 준비하셨다. 주말이라 차가 밀려 오후 1시쯤 도착했다. 나와 아들은 순대국, 아내는 미역국을 정말 맛있게 먹었다. 텃밭에서 가꾼 상추와 고추, 자두도 싸 주셨다. 천생 친정어머니처럼 정을 베풀었다. 점심 식사 후 누님과 함께 서종 테라로사로 갔다. 예전의 테라로사가 아니었다. 확장공사를 해 엄청난 규모를 자랑했다. 커피숍이 사람들로 넘쳐났다. 아들 인재가 커피, 빵 등을 샀다. 녀석이 일류 바리스타라 눈썰미가 있다. 그곳에서 한 시간 반가량 머물렀다. 중미산 자연휴양림

에는 5시 조금 넘어 도착했다. 산 중턱에 연립동이 있었다. 우리
가 묵은 곳은 7채와 조금 떨어진 곳에 위치했다. 그래서 더 조용
하고 좋았다. 아내와 아들도 시설에 대만족했다. 저녁은 김치, 김,
멸치볶음만으로 해결했다. 그런데도 꿀맛이다. 오는 도중 고기를
사려고 했으나 정육점이나 슈퍼가 보이지 않았다. 오늘은 양평 시
내에 나가 고기도 사올 참이다. 내가 휴가지로 바랐던 곳이다. 사
람도 적고 조용한 장소. 거실 바닥에 누워 뒹굴뒹굴하니 천국이
따로 없는 듯했다. 밤에는 한기가 느껴져 문을 닫은 뒤 보일러를
켜고 잤다. 숙소는 2층 구조로 되어 있다. 나는 1층 거실, 아내와
아들은 다락방에서 잤다. 이곳에서도 2시 정각에 일어났다. 저녁
8시쯤 잤으니 평소보다 두 시간 정도 더 잔셈이다. 오늘은 용문사
에 다녀올까 한다. 나는 숙소에 있으려고 했지만 아내가 함께 움
직이잔다. 무조건 아내 말을 따르라고 했다. 오늘 역시 실천하는
하루를 기대한다.

역시 가족이다

깊은 산속이라 그런지 꿀잠을 잤다. 대략 8시간 가까이 잔 듯하다. 평소보다 두 배 수면을 취한 셈이다. 몸도 개운하다. 이번 휴가 기간 동안 느낀 것도 가족 사랑이다. 무엇보다 29살짜리 아들과 함께할 수 있어 좋았다. 녀석이 장가들면 쉽지 않을 터. 아들은 나무랄 데가 없을 정도로 자상하다. 딸이 없는 우리에게 그 역할까지 다해준다. 특히 거동이 불편한 장모님, 어지럼증으로 고생한 아내에게 둘도 없는 친구이자 보호자다. 아빠인 나도 잘 챙겨준다. 장가가도 그 마음이 바뀌지 않았으면 한다. 오늘 휴가를 마치고 서울 올라간다. 2박 3일간 충분히 쉬었다. 휴가 콘셉트는 힐링. 외출도 최소화했다. 어제 용문사 다녀온 게 전부다. 아내는 아침 먹고 가벼운 산책을 하잔다. 비가 안 오면 그러려고 한다. 아직 빗소리는 안 들린다. 양평이 참 멋진 곳이다. 산과 강이 어우러져 무척 아름답다. 전원생활 하기 딱 좋을 듯싶다. 기회가 되면 또 올 생각이다. 월요일도 힘차게 출발하시라.

또 병원 신세를 질 줄이야

뜻하지 않게 또 병원 신세를 지고 있다. 오후 집 앞 사거리 횡단보도를 건너다 자전거에 부딪쳤다. 피할 사이도 없이 순식간에 충돌해 엉덩방아를 찧으며 넘어졌다. 중학교 2학년 학생이 사고를 냈다. 나는 바로 영등포병원으로 가 검사를 받고 입원했다. 목 부위가 심하게 아프다. 엑스레이 검사 결과 다행히 뼈에는 이상이 없단다. 오른쪽 팔과 다리에 찰과상도 입었다. 간단히 드레싱 치료를 받았다. 토요일까진 입원해야 할 것 같다. 휴가 절반은 병원에서 보내는 셈. 하지만 어찌하랴. 이미 엎질러진 물이다. 치료를 받고 퇴원할 수밖에. 그 중학생은 매우 착했다. 자진 신고를 했다며 경찰서에서도 연락이 왔다. 녀석도 얼마나 놀랐을까. 학생의 엄마도 조금 전 병원을 다녀갔다. 예의가 바른 분이었다. 아빠와도 통화를 했는데 점잖다는 느낌을 받았다. 이처럼 사고는 누구에게나 닥칠 수 있다. 당장 오늘 저녁 바보당 모임부터 줄줄이 불참을 알렸다. 이번 일요일은 근무. 토요일 오전 중 퇴원하려고 한다. 별 이상이 없었으면 하는 바람이다.

오늘도 고맙고 감사하다

　병원에서 이틀째 밤을 보냈다. 6시간 이상 푹 잤다. 몸도 한결 가볍다. 내일 퇴원하는 데 차질은 없을 것 같다. 목 부위를 다치지 않았어도 입원까진 하지 않았을 것이다. 위험한 부위라 2~3일 경과를 보는 게 필요하다고 생각했다. 다행히 목통증은 많이 가라앉았다. 이번에도 역시 가족의 중요성을 느꼈다. 아내와 아들이 가장 큰 걱정을 했다. 정말 이 정도인 것이 천만다행이다. 만약 자동차나 오토바이에 부딪쳤다면 어찌 됐을까. 생각만 해도 끔찍하다. 자전거에 부딪치는 순간도 잘 기억이 안 나니 말이다. 그래서 매사에 감사해야 한다. 아울러 순간순간 고마워해야 한다. 내가 늘 입에 달고 사는 말이다. "고맙습니다.", "감사합니다." 이 말 역시 돈이 들지 않는다. 고맙습니다와 감사합니다를 입에 달고 살면 착해진다. 고마워하고 감사해하는 사람이 나쁜 짓을 할 리 없다. 오늘도 고맙고 감사하다. 모든 페친과 이 기쁨을 함께 한다.

마침내 퇴원

다시 오늘이다. 오늘을 기다렸다. 내가 가장 좋아하는 날이기 때문이다. 서너 시간 정도 잔 것 같은데도 상쾌하다. 퇴원해서 그럴 터. 밖이 아무리 좋다한들 집만 하겠는가. 그동안 쾌유를 빌어주신 페친들께도 감사드린다. 휴가 중 사고를 당한 게 불행 중 다행이다. 근무하다 이 같은 사고를 당했더라면 또 회사에 미안할 뻔 했다. 병원에서 사흘 밤 잤다. 다른 데 아픈 곳은 없다. 목소리만 제대로 돌아오면 된다. 목이 많이 잠겨 상대방이 내 목소리를 못 알아들을 정도다. 며칠 지나면 회복되지 않을까 생각한다. 나를 다치게 한 학생 부모님께 드리려고 책도 한 권 준비했다. 그 분들도 아들이 뜻하지 않은 사고를 내 놀랐을 것이다. 이것도 인연이다. 3박 4일간의 입원을 마감한다. 모든 분들께 거듭 감사드린다. 좋은 주말되시라.

나는 행복한 사람

참 나는 행복한 사람이다. 병원에 있는 동안 많은 분들로부터 위로와 격려를 받았다. 그래서 오늘 무사히 퇴원할 수 있었는지도 모르겠다. 역시 피는 물보다 진하다고. 우리 형제들이 가장 먼저 연락 또는 병원을 찾아왔다. 내 위로 누님과 형님이, 아래로 남동생과 여동생이 있다. 우린 다섯 남매다. 다음 주 토요일 누나 딸이 결혼해 모두 만난다. 바쁜 와중에도 누나는 병문안을 왔다. 바보당 친구인 이기영, 박경후, 김중성이와 안정선 이사장님도 입원 첫날 병원을 다녀갔다. 나머지는 페북을 보고 연락해 왔다. 이정복 박사, 윤상원 씨는 이튿날 병원에 찾아왔다. 시골친구 이원장 사장과 미인대회 출신 문지현이도 사흘째 찾아와 말벗이 되어주었다. 인천 김용석 에스틸회장, 부산 정주영 본부장, 대구 권수용 대표, 대전 박원천 대표, 인천 박영호 대표님도 직접 전화를 주셨다. 내가 예뻐하는 이지현은 전화를 걸어 내 건강을 걱정했다. 이경순 누브티스 대표, 최일순 누님, 권선복 행복에너지 대표, 한수혁 이사, 박희준 국장, 엄호동 국장, 박상훈 국장, 박민주 대표님께도 특별히 감사를 드린다. 페북에 댓글로 격려해주신 분들을 일일이 열거해드리지 못해 죄송스럽다. 하지만 그 뜻은 영원히 잊지 못할 것이다. 오늘 밤은 더 편하게 잘 수 있을 것 같다. 모든 분들께 감사드린다.

정상으로 돌아온 걸까

　초저녁에 자고 자정을 넘겨 조금 전 일어났다. 원래 패턴대로 돌아온 걸까. 보통 9시 전에 자고, 새벽 1시쯤 일어난다. 어젠 저녁 8시쯤 잤다. 4시간을 자도 푹 자니까 몸은 가볍다. 오늘도 조금 이따가 새벽 운동을 나간다. 어제 아침 한강에 나가니까 '오풍연 의자'는 이미 낚시꾼 차지. 한강 물이 불어나 의자에서 낚시를 하고 있었다. 오늘은 수위가 낮아져 어떨지 모르겠다. 병원에 있는 동안 한강이 가장 그리웠다. 친구처럼 매일 마주치기에 안 나가면 궁금해진다. 10년 가까이 한강을 벗 삼아 새벽 운동을 해왔다. 유유히 흐르는 한강은 변함이 없다. 나만 세월 따라 조금씩 바뀐다. 머리가 더 하얘지고, 숱두 적어졌다. 퇴원 뒤끝이라 일부 지인들과 한 약속은 연기했다. 당분간 만남을 최소화하고 몸을 만들 생각이다. 오늘도 이처럼 하루를 출발한다.

쉼의 여백

　빗소리가 참 좋다. 느낌마저 시원하다. 최근 며칠간 꿩장히 더웠다. 장맛비가 온다고 해 기대했더니 예상을 빗나가지 않았다. 밤새 제법 많은 비가 내린 것 같다. 이런 날은 새벽 운동을 건너뛴다. 우산을 쓰고 나간 적은 없다. 오늘은 조카가 결혼한다. 혼기가 꽉 차 걱정했는데 다행히 짝을 찾았다. 워낙 꼼꼼한 녀석이라 살림도 잘할 것으로 본다. 누님의 걱정도 덜었다. 남은 7월은 좀 쉴까 한다. 어제까지 했던 약속 가운데 일부는 미루기도 했다. 이달 말까지 나눔 회원들과 만나는 것 이외에 다른 선약은 없다. 이번 주말은 토, 일요일 모두 쉰다. 페친들도 주말 멋지게 보내시라.

창조적 파괴주의자

　이번 주는 아무런 약속도 잡지 않았다. 그냥 그러고 싶었다. 아주 드문 경우다. 아니 처음이 아닐까 싶다. 나는 보통 2주 단위로 점심 약속을 잡는다. 5일 출근하면 4.5회 정도 외부인과 식사를 한다. 점심 약속이 거의 있다는 얘기다. 철저히 바깥사람들과 만난다. 물론 지인이 가장 많다. 페친, 독자도 적지 않다. 세상 돌아가는 얘기를 듣는다. 내 글의 주요 소재이기도 하다. 사람 사는 얘기. '오풍연 문학'의 요체라고 할까. 보통 문학이라고 하면 멋있는 표현을 연상시킨다. 사실 내 글과는 거리가 멀다. 내 글은 보리 내음이 난다고 한다. 보리밥에 시래깃국. 어떤 독자가 이같이 묘사

했다. 앞으로도 변하지 않을 터. 그것이 바로 '오풍연다움' 아닐까. 나는 격식 파괴를 즐긴다. 창조적 파괴주의자. 내가 추구하는 바다.

더위야게 섰거라

    오늘 역시 하루 먼저 하루를 시작하는 날. 초저녁에 자고 조금 전 일어났다. 밤 11시 20분쯤 기상. 이런 날은 정말 하루가 길다. 그래도 즐긴다. 날은 푹푹 찐다. 지구촌이 더위로 몸살을 앓고 있다. 쿠웨이트와 이라크 남부는 54도까지 올라갔단다. 서울은 33~34도. 새벽 산책을 할 때도 땀이 많이 난다. 열대야 현상이 지속되기 때문이다. 집에선 에어컨을 별로 켜지 않는데 올해는 계속 틀고 있다. 어쨌든 더위를 이겨내야 한다. 회사는 냉방이 잘돼 시원한 편이다. 휴일 근무를 할 때도 에어컨을 가동한다. 집에 오기가 싫을 정도다. 새벽 1시쯤 운동을 나갈까 한다. 한강 '오풍연 의자'에서 쉬었다 들어오면 더위도 물러날 터. 어찌된 일인지 일기예보는 계속 빗나간다. 비 소식을 예보하지만 그냥 지나갈 때가 많다. 그래서 기상청이 욕을 많이 얻어먹고 있다고 한다. 이번 주도 시작된다. 멋진 한 주 되시라.

휴가는 자연휴양림으로

　가끔 아무도 없는 곳에 살고 싶은 생각도 든다. 다시 말해 세상이 시끄럽다는 얘기다. 밝은 소식은 별로 전해지지 않는다. 온통 우울한 소식뿐이다. 세계는 테러로 몸살을 앓고 있다. 국내로 눈을 돌려봐도 기쁜 소식은 없다. 그렇다고 무인도로 갈 수도 없는 법. 인적이 드문 곳이면 될 것 같다. 편히 쉬는 데는 자연휴양림이 안성맞춤이다. 호텔이나 콘도처럼 사람도 많지 않다. 대부분 산속에 있기 때문에 자연 그대로 즐길 수 있다. 여름휴가를 휴양림으로 다녀왔지만 또 가고 싶다. 오늘 칼럼도 대통령 휴가를 다뤘다. 휴가 안 떠나신 분들, 멋진 휴가 보내시라.

휴넷 오풍연 이사의 행복일기

*

그녀와의 인연

　기아대책기구 정주영 부산본부장님도 몇 차례 소개드린 바 있을 것이다. 나의 4,444번째 페친이고, 그동안 두 번이나 실제로 뵈었기 때문이다. 한 번은 부산에서, 또 한 번은 서울에서 각각 뵈었다. 어제 인터넷을 검색하다가 정 본부장님이 올려주신 서평을 보았다. 나의 9번째 에세이집 『오풍연처럼』에 대한 글이다. 지난번 서울에 올라오셨을 때 드린 것 같다. 서평을 쓰신다는 것은 책을 다 읽었다는 얘기다. 어찌 고맙지 않겠는가. 정 본부장님을 대략 안다. 나보다는 세 살 아래. 뒤늦게 사회복지대학원을 다니셨다. 그리고 40대 중반에 기아대책기구에 신입사원으로 들어갔다. 지금은 부산지역을 책임지고 있는 간부. 열심히 살았다는 방증이다. 쉽지 않은 일이다. 그는 항상 에너지가 넘치신다. 두 번 모두 그랬다. 그리고 유쾌하다. 거침도 없다. 남자로 태어났더라면 더 큰일을 하셨을 것으로 본다. 그런 분이 너무 과찬을 해주셨다. 솔직히 부끄럽기도 하다. 또 다짐을 한다. 정말 열심히 살아야 되겠다고. 거듭 감사드린다.

오풍연의 24시

장맛비를 예보했는데 아직 내리지 않고 있다. 지금 시간 새벽 1시. 어제 일기예보에선 오늘 새벽부터 비가 올 것이라고 했다. 폭염은 어제 저녁부터 한풀 꺾인 것 같다. 지난 일주일간은 정말 더웠다. 더워서 깬 적도 있으니 말이다. 새벽 운동을 마친 뒤 비가 왔으면 좋겠다. 오늘은 2시쯤 나갈까 한다. 요즘 수면 시간은 정확히 3시간 40분이다. 어제도 밤 9시에 잤는데 12시 40분에 기상했다. 마치 시계를 맞추어 놓은 것처럼 일어난다. 나도 그 이유를 모르겠다. 몇 시에 자든 4시간만 자면 저절로 눈이 떠진다. 나에게 만큼은 좋은 습관이다. 1시에 일어난다면 힘들어할 수도 있다. 하지만 나는 그 시간을 즐긴다. 충분히 자고 일어났으므로 기분도 맑다. 따라서 무엇을 하든 신난다. 오늘도 눈을 뜨자마자 하드부터 하나 먹었다. 그리고 커피. 다음은 지금처럼 노트북 자판을 두드린다. 새벽 5시까지는 온전히 나만의 시간을 갖는다. 이 시간엔 누구의 간섭도 받지 않는다. 해방구라고 할까. 점심은 박영욱 북오션 대표, 저녁은 나눔 회원들과 한다. 멋진 하루를 기대한다.

아내를 사랑합시다

누군가를 죽도록 사랑해본 적이 있는가. 불행히도 나는 없다. 성격 탓인지도 모르겠다. 사랑을 우선순위에 두지 않았음은 물론이다. 젊은 날 애틋한 추억을 가진 사람도 있을 게다. 그들이 부러운 생각이다. 나도 연애는 해 보았다. 하지만 남녀와 만나는 것 그 이상도 이하도 아니었다. 그러니까 난 재미없는 사람. 만나는 여자가 헤어지자고 하면 아무런 말 없이 그러자고 했다. 사랑 따윈 없었다고 할 수 있다. 지금 아내와 결혼한 것도 어찌 보면 행운이다. 나처럼 싱거운 사람을 남편으로 받아주었기 때문이다. 군대에 갔다 와서 여자를 만나면 결혼까지 이어지는 것으로 알았다. 우린 실제로 그랬다. 대신 순수한 마음은 변치 않는다. 오로지 한 사람. 아내다. 남자는 나이 들수록 아내에 대한 의존도가 높다고 한다. 아내를 하늘처럼 떠받들고 살아야 하는 이유랄까. 대한민국 남편들이여. 아내를 사랑합시다.

방콕도 괜찮은 휴가다

  7월 마지막 날이다. 여름 피서도 절정. 어제 백화점에 나갔더니 매장은 평소보다 사람이 훨씬 적었다. 대신 음식을 먹을 수 있는 푸드 코트는 북적였다. 시내 영화관도 만원. 더위를 피해 나온 것이다. 요즘은 집에서도 에어컨에 의지한다. 선풍기 바람만으로 더위를 피해갈 수 없어서다. 오늘도 일요 근무를 한다. 한 논설위원과 근무를 바꿨다. 다음 주는 금요일부터 일요일까지 사흘 간 쉰다. 당분간 밖으로 나갈 생각은 하지 않는 게 좋을 듯싶다. 어디를 가든 사람들로 넘쳐난다. 나는 항상 여름휴가를 일찍 갔다 오곤 했다. 6월 말에서 7월 초 휴가원을 낸다. 올해도 그랬다. 사람이 적을 때 가면 상대적으로 여유롭다. 올 여름 휴가는 자전거 사고를 당해 절반을 병원에서 보냈지만. 어제와 그제는 소나기가 와 새벽 운동을 나가지 못했다. 오늘은 조금 이따가 나갈 예정. 나의 여름 피서 방법은 걷기. 운동 후 샤워를 하면 더 이상 시원할 수가 없다. 멋진 하루를 만드시라.

7月
*

8月

잊기 쉬운 것들

살아가면서 에티켓이 참 중요하다. 이른바 예절이라고 할 수
있다. 그런데 쉽게 까먹거나 잊고 사는 사람들이 적지 않다. 자기
편리한대로 살기 때문이다. 가령 전화를 예로 들어보자. 지금은
상대방 번호만 입력해 두면 누가 전화했는지 알 수 있다. 신분 확
인이 가능하다는 얘기다. 때론 바빠서 전화를 못 받을 수도 있다.
전화를 하는 사람은 분명 용건이 있을 터. 무슨 일이 없다면 안부
전화라도 했을 것이다. 따라서 바로 받지 못하면 나중에라도 전화
를 하는 것이 옳다. 나는 누가 됐건 반드시 콜백을 한다. 기본 예
의 중 하나다. 학생들에게도 이 점을 강조한다. "전화는 바로 받
고, 메시지나 카톡도 3분 안에 확인해라." 내가 실천하는 바이기
도 하다. 요즘은 속도의 시대다. '나중에 하지' 하는 생각부터 버려
야 한다. 지금 당장 실천해야 한다. 성공은 실행력과 맞닿아 있다.

삼불남(30대의 불안한 남자)

'삼불남'을 들어봤는가. 이태백20대 태반이 백수이나 사오정45세 이후 정리해고 대상은 많이 들어봤을 것이다. 우리 사회의 어두운 단면을 얘기할 때 자주 인용한다. 삼불남은 30대의 불안한 남자를 가리킨다. 20대와 40대의 낀 세대 역시 편치 못하다는 뜻이다. 실제로 그렇다. 30대는 결혼한 뒤 애를 낳고 한창 일할 나이다. 그런데 요즘은 어떤가. 결혼하지 못한 30대가 수두룩하다. 특히 여자보다 남자가 심하다. 직장을 얻지 못한 경우도 적지 않다. 그러니 불만도 많을 수밖에 없을 터. 보통 사회문제가 아니다. 20대 청년실업 뿐만 아니라 30대를 위한 특단의 대책도 필요할 듯싶다. 남자들은 돈이 없어 장가를 못 간단다. 일본을 닮아가는 것 같아 우울하다. 왜 나쁜 것만 일본과 비슷할까. 대한민국 30대들이여. 용기를 가져라. 힘을 내시라.

더위퇴치법

사람들이 모두 헉헉댄다. 체온에 육박하는 기온이다. 어제는 35.7도. 올 들어 최고였다. 오늘은 36도까지 올라갈 것이라는 예보다. 나는 조금 더 더울 수밖에. 평일은 항상 정장 차림을 하기 때문이다. 여름에도 긴팔 와이셔츠를 입는다. 아니 반팔은 아예 없다. 지하철역에서 집까지 100m 가량 되는데 옷이 젖을 정도다. 식구들도 힘겨워한다. 모두 에어컨 앞에 앉아 있다. 애견도 예외는 아니다. 놈도 시원한 곳을 찾아 눕는다. 그래서 개 팔자라고 했던가. 어제 역시 일찍 잤다. 8시 20분에 자고, 조금 전인 12시 20분 일어났다. 정확히 4시간 잔다. 나의 여름나기 비법은 걷기. 이열치열 수법을 쓴다고 할까. 2시간가량 걷고 들어와 샤워를 하면 정말 상쾌하다. 오늘도 어제처럼 2시에 나갈 예정. 걸을 때 머리에서 땀이 뚝뚝 떨어진다. 그 기분도 나쁘진 않다. 주말이 있으니 희망을 갖자. 더위를 이기는 하루가 되시라.

길은 있다, 최선을 다하자

어제 오후 미스인터콘티넨탈 서울대회 수상자에게서 연락이
왔다. 나는 중국에서 전화를 하는 줄 알았다. 5일부터 20일까지
중국 충칭에서 합숙이 예정돼 있었기 때문이었다. 그런데 중국
에 가질 않았단다. 서울대회서 1등을 했던 친구다. 스스로 포기
한 것. 따라서 오는 23일 서울 하얏트 호텔에서 열리는 본선에도
참가하지 않는다. 그 영문을 물었다. 부모님과 상의 끝에 중도 포
기의 길을 선택했단다. 이 아이는 아직 대학 2년을 더 다녀야 한
다. 부모님은 공부를 하면서 다른 길을 찾아보길 원한다고 했다.
이 친구의 원래 꿈은 멋진 배우. 그 미련을 버렸을 리 없다. 그래
서 많은 고민을 했다고 털어놓았다. 나는 그 친구의 결정도 존중
했다. 그리고 앞으로 얼마든지 가능성이 있다고 격려했다. 무엇
보다 밝고 착한 아이다. 1등뿐만 아니라 2, 3등한 수상자도 각각
포기했단다. 2등한 친구에게는 내가 먼저 전화를 했다. 그 아이도
마찬가지의 고충을 얘기했다. 아나운서의 꿈을 가진 아이다. 2등
수상자는 이미 대학을 졸업했다. 그러니 취업도 고민할 수밖에 없

었을 것이다. 미인대회와 학업, 취업. 실제로 둘 다 하기는 쉽지 않다. 어느 하나를 포기해야 목적을 이룰 수 있을지도 모른다. 고민이 없는 사람은 없다. 그들에게도 똑같은 말을 해 주었다. '길은 있다. 최선을 다하면 된다.' 내가 사는 방식이기도 하다.

휴넷 오풍연 이사의 행복일기

*

지금 이대로도 좋다

하느님은 참 공평하시다. 모든 인간을 골고루 살피신다. 그리고 하나를 충족시키면, 또 하는 부족함을 느끼게 한다. 나에게도 똑같다. 나는 거의 부족함을 느끼지 못한다고 말한 바 있을 것이다. 하지만 나도 재복은 없다. 넉넉하지 않다는 얘기다. 나는 그것마저도 사랑한다. 돈. 누구나 갖고 싶어 한다. 많아도 항상 더 채우고 싶은 게 그것이다. 재벌이 사업을 더 키우는 이유라고 할까. 나 역시 목마름을 느끼지 않는다고 하면 거짓. 그래서 깨달은 진리가 있긴 하다. '지금 이대로 만족하자.' 욕심을 낸다고 돈이 들어오지 않는다. 분수껏 살아야 한다. 대신 남에게 손만 안 벌리면 된다. 최소한의 사람 노릇을 할 수 있다면 그것으로 만족해야 한다. 내가 좌우명으로 삼고 있는 대목이다. 사흘 휴가 마지막 날. 저녁때 벽제에 간다. 초등학교 친구와 가족 동반 식사를 한다. 옛날에 종종 가던 늘봄농원. 지금은 강강술래라는 체인점으로 바뀌었다. 우리가 셋, 친구가 다섯. 이런 자리도 행복을 배가시킨다. 날씨는 여전히 덥다. 주말 멋지게 마무리하시라.

8月8日

행복한 저녁

　어제도 행복이 가까이 있음을 느낀 하루였다. 초등학교 친구와 가족 동반 저녁 식사. 무슨 대단한 저녁을 했기에 그러느냐고 반문할지도 모르겠다. 그러나 우리에겐 아주 의미 있는 저녁이었다. 온 가족이 함께 한 저녁은 처음이었기 때문이다. 내가 친구이원장를 처음 만난 것은 2004~2005년 무렵. 그 친구와 둘이 만나거나 부부동반 모임은 자주 했다. 나는 아들만 하나, 친구는 딸 둘에 아들 하나. 몇 번 식구끼리 만나려고 했으나 시간이 여의치 않아 어제서야 비로소 만나게 된 것. 아이들 시간 맞추기가 쉽지 않았다. 만남 장소는 친구가 예약했다. 벽제 강강술래. 우리가 먼저 도착해 자리를 잡았다. 잠시 뒤 친구 가족이 왔다. 친구 두 딸은 30, 28살. 아들은 20살이다. 우리 아들은 29살. 피는 못 속인다고. 딸들은 친구 아내, 아들은 친구를 쏙 빼닮았다. 셋 다 모두 잘 컸다. 표정도 밝고 예의도 깍듯했다. 나와 친구는 육십을 바라본다. 아이들도 결혼 적령기. 이렇게 나이를 먹어간다. 자유로를 이용해 집으로 돌아왔다. 흐뭇한 마음으로.

죽마고우

죽을 때까지 함께 할 친구는 몇이나 될까. 정말 네 것, 내 것 없이 나눌 수 있어야 가능할 터. 그런 친구가 1명이라도 있으면 후회가 없을 듯싶다. 쉽지 않은 일이기 때문이다. 사람은 저마다 자기를 위해 산다. 남은 위한다는 것은 어찌 보면 변명일지도 모른다. 이기주의가 심하냐, 그렇지 않냐의 차이일 뿐. 아들이 나를 부러워하는 대목이 있다. "아빠는 원장이 아저씨 같은 분이 친구라서 좋겠어." 원장이는 엊그제 가족 동반 식사를 함께 했던 시골 초등학교 친구다. 녀석의 눈에도 나와 원장이의 관계가 돈독하게 느껴졌던 것. 실제로도 그렇다. 원장이는 정말 좋은 친구다. 무엇보다 착하다. 심성이 그렇게 고울 수가 없다. 그리고 가정적이다. 가정에 충실해야 바깥일도 잘 할 수 있다. 친구 관계 역시 마찬가지. 내 건강까지 챙겨주는 친구다. 이유는 하나. 친구인 내가 오래 살아야 한다는 것. 이런 친구라면 죽을 때까지 함께 하지 않겠는가. 오늘 새벽은 원장이에게 거듭 고마움을 느끼며 하루를 시작한다.

진종오 파이팅!

12시 20분쯤 일어났다. 평소보다 조금 일찍 일어난 것. 사격 50m 권총서 진종오가 금메달을 따는 경기를 볼 수 있었다. 마지막 두 발을 남기고 0.2점 차로 지고 있었다. 그러나 19발 째서 역전시켰다. 베트남 상대 선수는 8.5점. 진종오는 10점 만점. 순식간에 1.3점 차로 뒤집었다. 그리고 마지막 20발째. 진종오는 9.3점. 상대방은 8.2점. 진종오는 올림픽 신기록으로 3연패를 달성했다. 대단한 정신력이다. 우리 나이로 38살. 세계 사격계도 놀랐다. 국민들도 흥분했다. 더 이상 기쁜 소식이 아닐 수 없다. 푹푹 찌는 더위도 확 날려버린 기분이다. 어제 펜싱 박상영도, 오늘 진종오도 진정한 영웅이다. 그대들이 정말 자랑스럽다. 잘 주무시라. 파이팅!

영원한 선생님

한 번 선생님도 영원한 선생님이다. 누구나 마음속에 그리는 선생님이 있다. 그러나 불행히도 나는 그렇지 못하다. 비록 내가 지금 학생들을 가르치고 있어도 존경하는 은사가 없다. 이는 학교생활과 무관치 않다. 학교에 대한 사랑과 애착이 별로 없었다. 그러다 보니 선생님과도 소원할 수밖에. 어제 아들인재이 카톡 사진과 메시지도 보내고, 전화도 걸어왔다. 녀석의 서울 관악고 1때 담임을 찾아가 뵈었던 것. 미술을 전공한 황성동 선생님이시다. 현재는 고척 고등학교에 계신단다. 선생님과도 페이스북을 통해 연락이 됐다. 선생님이 아내의 페북에 댓글을 남기신 것. 아내의 얼굴을 기억하고 있었던 셈이다. 아들이 고 1이면 17살 때. 12년 전의 일이다. 아내와 아들은 황 선생님 얘기를 종종 했었다. 그만큼 인재에게 관심을 가져주셨다는 얘기다. 나도 선생님께 내가 쓴 책을 한 권 전해드렸다. 존경하는 선생님이 있는 인재가 부럽기도 했다. 황 선생님과 다시 인연이 닿아 기쁘다. 다리를 놓아준 페북도 감사하고. 페북의 큰 장점이기도 하다.

자신감을 갖자

　내 대학 강의는 학생들에게 자신감을 키우려는 데 목적이 있다. "나는 할 수 있다."며 자신감을 강조한다. 한 학기 내내 같은 얘기를 반복한다. 재능기부를 한 스펙업 인터넷 강의 제목도 '자신감'이다. 원래 '기자/PD강의'로 시작했지만 중간에 '자신감'으로 바꿨다. "할 수 있다."는 자신감이 더 중요했기 때문이다. 그래서 강의도 도전, 실천에 초점이 맞춰져 있다. 나 역시 도전을 생활화하고, 실천하려 노력한다. 나는 하지 않으면서 학생들에게 얘기하는 것도 맞지 않아서다. 내가 지금 6가지 일을 하고 있는 것과 무관치 않다. 논설위원, 대학초빙교수 2곳, 작가, 칼럼니스트, 인터넷 강의 등이다. 앞으로 기회가 주어지면 다른 일도 할 생각이다. 물론 지금도 외부 특강은 종종하고 있다. 주위에서 '오풍연 TV'를 만들어보라고 말들을 한다. 나 역시 관심이 있다. 이를 위해 유튜브 동영상 계정도 만들어 놓긴 했다. 거듭 말하지만 인생은 도전의 연속이다. 거기에 "할 수 있다."는 자신감이 있으면 금상첨화. 자신감을 갖자.

기적이 일어나기를

삶과 죽음. 모든 게 순간이다. 순간이 이어지면 삶이요, 끊기면 죽음이다. 누구나 살기를 원한다. 죽고 싶다고 종종 말을 하는데 그것은 그냥 하는 말이다. 고등학교 친구가 사경을 헤매고 있다. 페북에도 소개했던 친구다. 어제 고교 동기 밴드에도 소식이 올라왔다. 조금 전 ○○○ 친구 아들에서 연락받았다고.

○○○ 원장의 전언입니다. ○○○ 친구는 오늘 넘기기 힘들 것 같다고 합니다. 원하시는 분 마지막 임종 지켜볼 수 있도록 가족들이 양해해주셨습니다. 수원 아주대병원 중환자실 신관 2층 외상센터입니다. 현재 뇌사상태인 것 같습니다. 참으로 안타까운 비보를 전하게 되어 가슴이 아픕니다.

나도 가슴이 먹먹했다. 비단 나뿐이겠는가. 모든 동기들이 그 친구의 쾌유를 빌었다. 그런데…. 우리 나이 57~58세. 요즘으로 치면 청년이다. 더 할 일이 많다. 기적도 일어날 수 있다. 꼭 그러기를 간절히 희망한다. ○○○아, 깨어나라.

백무현 화백, 잘가라

어제 백무현 화백의 비보를 접했다. 위암으로 투병 중이었는데 운명했다는 소식이었다. 서울신문에서 함께 근무했던 친구다. 내가 법조大기자로 있을 때 바로 앞에 앉았던 후배다. 한마디로 정직하고 의로운 친구다. 왜 그런 사람들이 먼저 세상을 떠날까. 안타까운 마음 그지없다. 나를 무척 따랐던 친구이기도 하다. 나는 2012년 2월 서울신문을 떠났다. 그리고 몇 달 뒤 깜짝 놀랄 만한 뉴스를 보았다. 그 친구가 문재인 대선 후보 대변인이 된 것. 정치를 할 사람으로 보지 않았다. 그런데 정치를 하다니. 내 눈과 귀를 의심할 정도였다. 그해 문재인 후보는 선거에서 졌다. 백 화백이 백수가 됐음도 물론이다. 올해 또 한 번 놀랐다. 이번에는 여수에서 국회의원 선거에 도전한 것. 더민주 후보로 주승용과 맞붙어졌다. 선거운동 기간 중 위암을 발견했단다. 당시 위암 말기라고 전했다. 정치를 하지 않았더라면 어땠을까. 바보 같은 친구. 좀 더 일찍 발견하면 충분히 고칠 수 있는 병이었다. 그러나 모두 지난일. 천국에서 편히 쉬기 바란다. 잘 가소서.

자유를 마음껏 누리려면

요즘 부쩍 페이스북과 더 가까워졌다. 올리는 글이 예전보다 많아졌다는 얘기다. 그동안 하루 3~4개 정도 올렸는데 최근 들어 5~6개 정도 올리는 것 같다. 삶의 낙수거리와 함께 정치 사회적 현안에 대해서도 내 생각을 올리기 때문이다. 지금까지는 이슈에 대해 사설이나 칼럼으로만 다뤘었다. 이슈 또한 내 삶의 한 부분이기도 하다. 그것에 대해서는 각자 생각이 다를 수밖에 없다. 따라서 내 견해를 남에게 강요할 생각도 없고, 그렇게 해서도 안 된다. 우리나라는 사상의 자유가 있다. 또 표현의 자유도 있다. 내 의견이 중요하다면, 상대방의 의견도 존중해야 한다는 뜻이다. 나는 솔직히 의견을 개진한다. 내가 만약 특정 당파나 조직에 몸담고 있으면 불가능할 뿐더러 오해를 받을 수도 있다. 정치권을 기웃거리지 않는 이유이기도 하다. 이 같은 스탠스는 앞으로도 변함이 없을 터. 이제껏 누려왔던 자유를 마음껏 즐기고 싶다.

젠틀맨 오풍연

   털어 먼지 안 나는 사람이 있을까. 인간이라면 아마 없을 것이다. 흠 없이 살 수 없다는 뜻이기도 하다. 그럼 어떻게 살아야 할까. 잘 살아야 한다. 지극히 당연한 얘기다. 누구인들 잘 살고 싶지 않겠는가. 그렇다면 방법이 문제다. 나 자신도 되돌아본다. 과연 떳떳하다고 할 수 있을까. 정직을 모토로 산다는 말은 여러 번 했다. 현미경 검증을 들이댄다면 통과할 수 있을까. 나 자신도 모르는 흠이 있을지 모른다. 사람은 자기를 합리화하는 측면이 있기 때문이다. 오는 12월 16일이면 기자생활 만 30년이 된다. 1986년 입사한 뒤 1988년에 들은 별명이 젠틀맨이다. 젠틀맨으로 만 28년을 살아왔다고 할 수 있다. 무엇보다 젠틀맨은 몸가짐을 바로 해야 한다. 그래왔는지는 남이 평가할 일. 나 스스로는 엄격함을 잃지 않으려고 노력했다. 앞으로 남은 생도 마찬가지다. 젠틀맨 오풍연. 영원한 과제다.

구더기 무서워 장 못 담그랴

김영란법이 9월 28일부터 시행된다. 음식 3만원, 선물 5만원, 경조비 10만원을 각각 넘지 못한다. 그 이상 하면 법에 걸린다. 우리 사회에 엄청난 변화를 몰고 올 것이다. 나는 적극 환영하는 바다. 투명사회로 가는 지름길. 때문인지 벌써부터 음식 값은 각자 내는 경향이 많단다. 5명이 먹고 카드 5개를 내는 방식이다. 각자 내면 아무런 문제가 안 된다. 비싼 것을 먹는다고 탓할 수도 없다. 그동안 허례허식이 많았던 것도 사실이다. 누구를 접대하려면 고급 식당에 간다. 좋은 음식과 값비싼 술. 굳이 그렇게 안 해도 얼마든지 소통할 수 있다. 꼭 비싼 음식이어야 하는가. 또 비싼 선물이어야 하는가. 경조비도 많이 내야 하는가. 물론 이 법 때문에 영향을 받는 사람들도 있을 게다. 그러나 완전히 정착되면 영향도 줄어들 것으로 본다. 먼저 시행해 보고 정말 문제가 있다면 그때 고쳐도 된다. 미리부터 몹쓸 법이라고 아우성치는 것은 옳지 않다. 구더기 무서워 장을 못 담글 수야 없지 않겠는가.

더위야 물러가라

　무려 8시간 가까이 잤다. 평소의 2배 이상 잔 것. 어제 저녁에 약간의 감기 기운이 있었다. 낮에 에어컨 바람에다 선풍기를 틀어 놓아서 그런지 콧물이 약간 났다. 목소리도 조금 변한 것 같았다. 그래서 약을 먹고 일찍 잤다. 새벽 3시쯤 일어났다. 몸이 한결 가뿐하다. 감기도 나았다. 아프면 쉬는 게 상책. 무리하면 몸 상태를 더 나쁘게 만들 수도 있다. 정말로 건강에 대한 과신은 금물이다. 설마가 사람 잡는다. 무엇보다 건강은 조심하는 게 최고다. 더러 새벽 운동을 안 나간다. 컨디션을 점검한 뒤 몸이 무거우면 건너뛴다. 물론 이런 경우는 아주 드물긴 하다. 어제 서울은 올 여름 들어 가장 더웠다. 36.6도. 기상청 예보는 전혀 믿을 게 못 된다. 비 예보, 폭염 예보 모두 틀린다. 이런 예보라면 하지 않는 것이 더 낫다. 한마디로 먹통 기상청이다. 더위야, 빨리 물러가라.

으샤파이팅!

오늘도 방금 전 아침 식사를 마쳤다. 사과 대신 복숭아 1개를 먹었다. 충주에 살고 있는 후배가 보내온 것. 8개가 한 상자다. 굉장히 크고 먹음직스럽다. 실제로 맛도 기가 막히다. 그리고 봉지 커피 한 잔. 지금 시간 새벽 1시. 나의 하루를 알린다. 평창에 살고 있는 지인도 메시지를 보내왔다. 찰옥수수를 보내주겠다며 주소를 부탁했다. 이렇게 신세만 지고 산다. 나는 겨우 졸저로 감사를 대신하고 있다. 나누는 것은 참 행복하다. 받는 것도 그렇지만 주는 게 더 좋다. 그래서 콩 한 쪽도 나눠 먹으라고 한 것 같다. 나누는 것은 꼭 물건이 아니어도 된다. 마음을 나누는 것만으로도 충분하다. 말 한마디가 천 냥 빚 갚는다고 하지 않던가. 위로, 격려, 칭찬의 한마디가 필요한 때다. 서로 으샤으샤 하면 힘도 난다. 모두 힘을 냅시다. 파이팅!

돈이 뭐길래

　돈이라는 게 참 그렇다. 없으면 아쉽고, 많아도 탈이 난다. 적당히 있으면 가장 좋다. 물론 사람마다 '적당히'의 기준이 다를 것이다. 돈 잃고, 사람 잃는다는 속담도 있다. 실제로 돈이 사람 관계를 갈라놓기도 한다. 그런 만큼 가까울수록 돈 거래는 하지 말아야 한다. 돈이 필요한 경우 가장 먼저 부모님한테 손을 벌린다. 다음은 처갓집. 그리고 형제, 자매들에게 도움을 청한다. 그래도 안 되면 친구 등 지인들에게 돈을 부탁한다. 제때 갚으면 아무 문제가 안 된다. 그렇지 못한 경우가 많기 때문에 사단이 벌어진다. 나 역시 유사한 경험을 했다. 세 사람에게 적지(?) 않은 돈을 빌려줬지만 아직 못 받았다. 아예 두 사람은 연락이 거의 끊기다시피 했다. 몇 해 전부턴 전화조차 없다. 솔직히 받을 생각도 없고, 잊어버렸다. 그런데도 돈을 꿔간 사람이 연락을 끊는다. 그분들도 사람인데 마음이 편치는 않을 터. 돈을 갚지 않고 버젓이 잘 사는 사람들도 있다. 양심불량이라고 할까. 돈을 빌려주는 사람도 받을 생각을 하지 않는 편이 낫다. 돈이 뭐길래.

고향가는날

　어제 처음으로 선풍기를 켜지 않고 잤다. 지긋지긋한 폭염도 하루 만에 걷혔다. 정말 눈 깜짝할 사이에 더위가 물러갔다. 자연의 변화는 신기할 정도다. 새벽엔 약간 한기도 느껴진다. 지금 시간 1시 30분이다. 24시간 만에 세상이 달라진 기분이다. 거실 탁자에 앉아 자판을 두드린다. 하루를 시작한다는 얘기다. 오늘 아침은 지인이 보내준 옥수수로 해결했다. 강원도 평창 월정사와 상원사 사이 산에서 키운 무공해 옥수수란다. 그래서 그런지 더 맛있었다. 지인은 고향 평창에서 멋진 생활을 하고 있다. 고향을 한 번도 떠나지 않은 분이다. 나보다 한 살 위. 친구처럼 지낸다. 책도 많이 본다. 내 책을 구하러 서울에 직접 올라오기도 한다. 올 봄에는 어른 주먹보다 큰 감자도 보내줘 잘 먹었다. 평창에 한번 내려간다 했지만 시간이 여의치 않다. 이번 가을엔 짬을 내볼까 한다. 조금 이따가 새벽 운동을 하고 충남 보령에 벌초하러 간다. 영등포역에서 6시 34분에 출발하는 무궁화 열차다. 대천까지 2시간 30분 걸린다. 조상님도 자손을 반기실 터. 유익한 날이 될 것 같다.

이제 다시 시작이다

오히려 홀가분하다고 할까. 어제 언론생활에 종지부를 찍어야 할지도 모르는 계약만료라는 통보를 받았지만 잠을 푹 잤다. 평소 같으면 새벽 1~2시쯤 일어나는데 4시 30분까지 잤다. 이처럼 모든 것을 내려놓고, 그대로 받아들이면 가벼워진다. 많은 페친들께 거듭 감사드린다. 위로와 함께 격려를 많이 받았다. 실제로 더 의욕이 생기고 힘도 난다. 전화를 걸어 걱정해주신 분들도 있다. 같이 일해보자는 분들도 계셨다. 그러나 조금 더 생각을 해보려고 한다. 내가 무엇을 해야 할지 진지하게 고민해본 적은 없다. 이제 그 고민을 해야 할 것 같다. 지금까지 편하게 살아온 셈이다. 하지만 세상은 넓다. 할 일도 많을 것이다. 그것을 내 것으로 만들어야 한다. 지금껏 좌절해본 적도 없다. 내가 학생들에게 하는 얘기. "나는 할 수 있다." 이제부터 나에게도 적용될 듯하다. 오늘 대구에 강의하러 내려간다. 좋은 하루되시라.

IT가 바꿔놓은 대학 강의실 풍경

IT정보기술 산업은 대학 강의실 풍경도 바꿔 놓았다. 어제 2학기 첫 수업에 들어갔다가 깜짝 놀랐다. 여느 때와 달리 학생들이 많았다. 앞서 교학처에 들러 학생출석부를 받았다. 거의 다 출석한 느낌을 받았다. 그 이유가 따로 있었다. 이번 학기부터 출석을 직접 부르지 않고 자동 체크되도록 시스템을 도입한 것. 교수가 스마트폰으로 인증번호를 불러주고 학생들이 출석 버튼을 누르면 인원도 집계됐다. 정원 몇 명, 출석 몇 명, 결석 몇 명 식이다. 시간도 1~2분이면 된다. 시간을 아낄 뿐만 아니라 정확성도 기할 수 있다. 출석 여부를 놓고 따질 일도 없었다. 참 세상 편리해졌다. 각설하고. 4~5교시는 세계호텔제과제빵과 수업. 5~6교시는 태권도과와 호텔매니지먼트과 등 종합반. 우즈벡 2명, 베트남 학생 4명도 눈에 띄었다. 글로벌 강의라고 할까. 지방에 있는 학교지만 외국 학생도 제법 있다. 학생들에게도 언론사를 떠날지 모를 신상에 대해 얘기를 했다. 그러면서 강조했다. "나와 함께 계속 도전을 하자." 도전은 늘 진행형이다.

9月

기자생활 마감하려 한다

서울신문까지 포함하면 만 29년 10개월. 차관급 공무원을 지낸 분과 연락이 닿았다. 멋지게 노후생활을 보내고 있는 분이다. "프리Free가 좋습니다. 기한정년도 없는 것 같아요." 그 역시 지금도 왕성한 활동을 하고 있다. 이름만 대면 다 알 수 있는 분이다. 아마 100세 시대에 할 일이 많다는 뜻일 게다. 조만간 그분을 뵙고 조언을 듣기로 했다. 내가 가장 잘할 수 있는 분야의 일을 할 생각이다. 아무래도 글쓰기와 강의가 제일 편하다. 평생 같은 일을 해왔기 때문이다. 물론 대학 강의는 계속 하고 있고, 앞으로도 마찬가지다. 가르치는 것도 아주 보람 있다. 전혀 생소한 분야라도 마다하진 않겠다. 나에게만큼은 유리벽이 없다. 실제 근무는 이달 21일 마감한다. 나머지 기간은 연차휴가를 쓰기로 했다. 어쨌든 마지막까지 유종의 미를 거두려고 한다. 4년 동안 나의 보금자리였다. 페친들과 함께 내 진로도 고민하겠다. 많은 격려와 성원 부탁드린다.

나를 시장에 내놓다

　이제 나를 시장에 내놓는다. 다시 말해 새로운 잡을 얻겠다는 얘기다. 물론 여의치 않을 것이다. 내 나이 57세. 서울신문에 계속 있었더라면 작년에 정년퇴직 했을 터. 2015년까지 서울신문의 정년은 만 55세였다. 나는 1960년생. 지인이 내 이력을 헤드헌팅 회사 사이트에 올려보라고 했다. 그래서 사이트에 들어가 등록을 했다. 포맷이 아주 잘 되어 있었다. 기자생활만 30년을 했다. 여기에 투잡으로 대학 강의 4년. 법무부 정책위원 3년비상임. 그리고 에세이집 10권 출간. 외부 칼럼 집필. 인터넷 강의. 이게 내 이력의 전부라고 할 수 있다. 취재 경험은 다양하지만, 커리어가 부족하다고도 볼 수 있다. 요즘은 멀티 플레이어를 원한다. 내가 학교에서 강조하는 것도 그렇다. 플러스알파가 있어야 무슨 일을 하든 상대적으로 수월하다. 시장의 평가는 냉정할 것으로 본다. 기회가 주어지기를 바랄 뿐이다. 각오는 되어 있다. 무슨 일을 하든지 최선을 다한다는.

9月3日

愼獨(신독)

정말로 페친들께 고마움을 전한다. 최근 새로운 잡을 찾기 위해 고심하고 있다는 말씀을 드린 바 있다. 여기에 페친들이 응원과 함께 힘을 보태주고 있다. 직접 내 일자리를 알아봐주는 열렬 페친까지 있다. 어제도 한 지인 겸 페친으로부터 메시지를 받았다. 내 의견을 묻지 않고 나를 추천했단다. 일의 성사 여부를 떠나 고맙지 않을 수 없다. 그 같은 마음만으로도 힘이 솟는다. 이제 한 달 남았다. 그때까지 새 일터가 생기면 좋겠다. 하지만 서두른다고 되지 않는다. 모든 게 때가 있는 법. 언제 어디서든 필요한 사람이 되려면 흐트러짐이 없어야 한다. 유식한 말로 愼獨. 파이낸셜뉴스에서 남은 기간도 최선을 다할 생각이다. 이번 일요일도 근무한다. 좋은 주말되시라.

법조大기자1호

　내가 조금 프라이드를 갖는 게 있다. 우리나라 법조大기자 1호. 아직까지 나 이외에 법조대기자를 본 적도, 들어본 적도 없다. 2호도 나오지 않은 셈이다. 물론 경제大기자, 정치大기자는 있다. 오래 하지는 못했다. 2008년 11월부터 2009년 4월까지 6개월가량 했다. 그러나 자부심을 느낀다. 법조대기자 1호 타이틀을 거머쥔 데는 그럴 만한 연유가 있다. 무엇보다 법원, 검찰을 오래 출입했다. 취재기자로 9년, 법무부 정책위원으로 3년간 인연을 맺었다. 토털 12년. 수습기자를 마친 뒤 제일 먼저 배치 받은 출입처도 법조다. 서울신문에서 그런 예는 없었다. 보통 경찰 기자 1~2년 정도 하고 법조로 보내곤 했다. 나는 법조를 친정으로 생각하고 있다. 전체 출입기간으로 따지면 정치부가 더 길다. 하지만 마음속의 고향은 법조다. 이젠 기자생활도 마감 단계. 후회는 없다.

9月6日

도전과 기다림

대구 강의하러 내려가는 날이다. 이번 학기 두 번째 강의. 새벽
1시 11분에 일어났다. 어제 저녁 모임이 있어 평소보다 조금 늦게
잤는데 기상 시간은 거의 똑같다. 습관 탓이리라. 기자가 본업, 대
학 강의가 부업이었는데 이제 교수가 본업이 될 판이다. 10월 3일
신문사를 떠나면 명함에 초빙교수만 남는다. 작가도 있지만, 직업
으로 볼 수는 없다. 그동안 논설위원 초빙교수 작가를 함께 새긴
명함을 갖고 다녔었다. 왜 이렇게 직업이 많으냐고 묻는 분들도
있었다. 한국은 명함을 중시하는 독특한 나라다. 신분과 시용이라
고 할까. 명함에서 언론인을 지운다는 게 아쉽기는 하다. 만 30년
동안 써온 직업인데. 이제 새 직업을 추가할 가능성이 크다. 그게
뭔지는 나도 모른다. 아직 새 잡을 찾지 못했기 때문이다. 퇴사 전
에 찾으면 다행이다. 그러기만 바랄 뿐이다. 이처럼 인생은 도전
과 기다림의 연속이다.

휴넷 오풍연 이사의 행복일기

*

202

오픈연식 강의

　내 강의를 평가한다면 몇 점쯤 줄 수 있을까. 강의를 하다 보면 대충 짐작이 가능하다. 무엇보다 지루하지 않아야 한다. 아무리 내용이 알찬들 듣는 사람들의 흥미를 끌지 못하면 좋은 강의가 될 수 없다. 나는 나만의 강의법을 사용한다. 가장 큰 특징은 교재와 PPT 자료를 쓰지 않는다는 것. 맨 처음부터 그랬다. 어찌 보면 성의가 없어 보일 수도 있다. 준비 없이 강의를 하는 것처럼 비쳐져서다. 강의 요청이 들어오면 두 가지를 부탁한다. 무선 핀 마이크와 글씨를 쓸 수 있는 보드. 칠판에 글씨를 쓰면서 강의를 한다는 얘기다. PPT 자료를 쓰는 것보다 집중도는 훨씬 높다. 그리고 똑같은 강의를 하지 않는다. 자료에 의존하지 않기 때문이다. 또 인용을 거의 하지 않는다. 내가 직접 눈으로 보고, 경험하고, 실천한 것만 강의를 한다. 그동안 펴낸 10권의 에세이집도 마찬가지다. 살아있는 강의를 해야 한다는 나름 원칙을 갖고 있다. 강의 역시 특화가 필요하다. 자기만의 강의 스타일이 있어야 한다는 뜻이다. 명강사는 아니어도 최선을 다하는 강사가 되고 싶다.

9月9日

프리를 선언할까

이참에 독립하라는 말도 듣는다. 프리를 선언하라는 얘기다. 이직과 독립은 다르다. 요즘은 언론사도 이직을 많이 한다. 내가 이직할 수는 없을 터. 파이낸셜뉴스에서 30년 기자 생활을 사실상 마감했다고 볼 수 있기 때문이다. 그럼 다른 길을 찾아보아야 한다. 강의를 특화시킬 생각은 갖고 있다. 신문사 논설위원과 대학 초빙교수로 있으면서 외부 특강을 틈틈이 해왔다. 몸값(?)도 많이 올랐다는 얘기를 한 바 있다. 외부 특강은 보통 80분을 할애한다. 큰 주제는 4개. 새벽20분-도전20분-실천20분-SNS20분를 강의한다. 내가 평생 추구하고, 실천해온 것이다. 그동안 강의 요청이 들어와도 근무 때문에 고사한 적도 있다. 다음 달부터는 이런 제약도 없어진다. 나의 새로운 도전은 여전히 진행형이다.

나는 초긍정주의자

내 앞에 불가능은 없다. 굳이 누구의 말이라고 하지 않겠다. 모두가 그래야 되기 때문이다. 나 역시 마찬가지. 한 가지 믿음을 갖고 있다. 긍정은 부정을 이긴다는. 어떤 상황에서도 낙담하면 안 된다. 지금껏 살아오면서 어려운 일도 많았다. 그때마다 내 가슴 속에 불타오르는 것이 있었다. 바로 의지다. 여기서 굴복하면 내가 지고 만다. 어떻게든 딛고 일어서야 한다. 자신감과 도전정신이 꼭 필요하다. 내가 학생들에게 유독 강조하는 것도 같은 이유다. 나는 초긍정주의자. 긍정 이상의 긍정을 추구한다는 뜻이다. 이런 나를 보고 비웃는 사람도 있다. 긍정이 밥 먹여 주느냐고. 그래도 이에 아랑곳하지 않는다. 부정이야말로 자신을 망치기 때문이다. 희망을 가집시다. 긍정이 부정을 반드시 이깁니다.

9月12日

나타함은 성공의 천적이다

위원님^^ 일요일 마무리하면서 '새벽찬가'를 읽고 있습니다. 알면서도 읽을 때마다 놀랍니다. 어쩜 이렇게 부지런하실까..^^ 요즘 너무 나태해 져 있었는데 위원님 책 읽고 다시 마음 다잡습니다. 오풍연처럼! 다시 열정적으로 치열하게 달리겠습니다! 파이팅!!

　　박민주 대표님이 내 블로그에 단 댓글이다. 두어 달 전 여의도 에 오셔서 점심을 함께한 적이 있다. 아나운서 출신으로 직접 MC 전문 회사를 차려 운영하고 있다. 굉장히 발랄한 커리어우먼이 다. 내가 조금이라도 자극을 줄 수 있다면 영광이다. 나태함을 깨 우는 것은 나에게도 해당된다. 나도 때론 나태해질 수 있기 때문 이다. 게으름은 성공의 천적이다. 여태껏 게으른 사람이 성공했 다는 얘기는 들어보지 못했다. 결국 부지런한 사람이 성공에 다가 갈 수 있다. 다시 한 주가 시작됐다. 추석 연휴도 끼었다. 열심히 달리자.

장편(掌篇) 에세이

내가 쓰는 글은 장편掌篇에세이. 원고지 3장 안팎의 아주 짧은 글이다. 공저 『그래도 행복해지기』를 빼곤 9권 모두 똑같은 형식을 취해왔다. 글이 너무 짧다는 지적도 받았다. 그래도 틀을 바꾸지 않았다. 이름 하여 '오풍연 문학'을 정착시키려는 의도였다. 대신 짧아도 메시지는 있어야 한다. 내가 글을 쓰면서 항상 유념하는 대목이다. 글 어딘가에는 내가 의도하는 메시지가 있다. 때론 일기 형식을 취하기도 했다. 내 주변의 삶을 옮기다 보니 그런 형태를 띠기도 한다. '일기도 문학이 될 수 있다'는 게 내 견해다. 문학이 꼭 고정 틀을 유지해야만 할까. 나는 이 같은 원론에 동의하지 않는다. 그래서 틀을 깨려고 했다. 형식에 구애받을 필요가 없다는 얘기다. 재미와 감동이 있으면 된다. 그리고 평가는 독자들의 몫이다. 문학의 주인은 저자가 아니라 독자다. 주객이 전도되어서는 안 된다. 그동안 쓴 9권의 에세이집 중 내가 가장 좋아하는 글을 추려볼 생각이다. 이를 모아 11번째 에세이집을 낼까 구상 중이다. 공저를 빼면 10번째다. 오풍연 장편 모음집이라고 할까.

세종시에서

세종시에서 추석날 새벽을 맞는다. 어제 저녁 차례 지내러 내려왔다. 몇 해 전까진 대전으로 갔었다. 형님이 대전에서 세종으로 이사 왔다. 형제들과 얘기하다 나는 먼저 잤다. 일찍 자기 때문이다. 9시만 넘으면 졸려서 못 견딘다. 미안할 때도 많다. 얘기 도중 하품을 하고 있으니 말이다. 각설하고. 이제 며칠 있으면 언론사 생활도 접는다. 18일일부터 21일水까지 근무하면 된다. 중간에 20일 대구 강의가 있다. '오풍연 칼럼'이 기자로서 마지막 쓰는 글이다. 감회가 새로울 터. 하지만 다시 시작한다는 각오로 제2의 인생을 개척하려 한다. 그 일이 무엇이 될지는 나도 아직 모른다. 어떤 분야든 최선을 다한다는 생각에 변함이 없다. 아주 생소한 분야라도 개의치 않겠다. 기회는 늘 있는 법이다. 내가 잠시 머물 공간도 행복에너지 권선복 대표님이 마련해 주셨다. 새 자리를 잡을 때까지 권 대표님의 신세를 질 계획이다. 권 대표님이 나에게 귀인이라고 할 수 있다. 이처럼 고마운 분들이 있기에 더욱 힘을 얻는다. 세상엔 희망이 있다.

인생만사 그렇지 뭐

　나는 누구인가. 오늘 새벽 또다시 묻는다. 남과 다를 게 없을 것이다. 엄마 배 속에서 태어나 나중엔 한 줌 재로 사라지리라. 그렇다면 살아 있는 동안 보람찬 일을 해야 한다. 거창하게 말하면 족적을 남겨야 한다고 할까. 그동안 10권의 에세이집을 썼으니 흔적은 남긴 셈이다. 그러나 지금부터가 더 중요하다. 이제 인생 2막을 시작한다. 30년간 기자로서 후회는 남기지 않았다. 앞으로도 마찬가지. 지금 하고 있는 대학 강의는 계속 할 터. 여기에 플러스 알파를 추가한다고 할 수 있겠다. 어떤 일을 하든지 각오는 되어 있다. 내가 늘 학생들에게 하는 말. "안 되는 이유는 100가지도 더 댈 수 있지만, '나는 할 수 있다'는 자신감이 꼭 필요합니다." 다시 말해 도전하라는 얘기다. 도전은 나에게도 해당된다. 남이 먼저 손을 내밀지 않는다. 내가 먼저 내밀어야 잡든지, 말든지 선택한다. 이처럼 쉬운 일은 없다. 모든 인생이 그렇다.

염색남

여자가 실연을 하면 머리를 바꾼다고 한다. 긴 머리를 자르거나, 파마를 하고, 염색을 하는 경우 등이다. 새로운 변화를 주기위해 그럴 터. 심기일전한다고 할까. 나도 어젯밤 생전 처음으로 염색을 했다. 아내와 아들의 성화에 내가 굴복하고 만 것. 둘의 단골 미용실에 끌려갔다. 원장님이 직접 머리를 자르고 염색도 해주었다. 갈색 계통을 골랐다. 그동안 염색을 해 보라는 얘기도 많이 들었지만 솔직히 용기가 안 났다. 그냥 생긴 대로 살자는 게 내주의였다. 흰 머리면 어떻고, 검은 머리면 어떠랴 싶었다. 흰 머리가 도리어 자연스럽다는 말도 많이 들었다. 어제도 미용실에 가다가 이웃 주민을 만났다. "중후하신데 왜 염색하세요." 염색을 마치고 나니까 나도 조금 어색했다. 흰 머리가 없으니 젊어 보이는 것 같기는 했다. 그러나 젊어 보이려고 염색한 것은 아니다. 30년 기자생활을 마감하는 의미랄까. 굳이 부여하자면 그렇다. 인생 2막을 시작하는데 작은 단초라도 됐으면 하는 바람이다.

나는 행복한 사람

사람은 아끼라고 했다. 어제 한남클럽에서의 송별연은 나에게도 퍽 감동적이었다. 사실 기대도 하지 않았었다. 마지막까지 유종의 미를 거두고 훌훌 털고 떠날 생각이었다. 그런데 회사 측이 성대한 자리를 마련해준 것. 전재호 파이낸셜뉴스 회장님을 비롯한 전 임원진이 참석했다. 내가 먼저 감사함을 전했다. 우스갯소리도 했다. "여기 파이낸셜뉴스에 있으면서 제 몸값도 많이 올라갔습니다. 감사드립니다." 다른 게 아니라 외부 특강 때 받는 강사료를 얘기한 것. 4년 전 수십만 원 대에서 1백만 원~2백만 원대 이상으로 올라갔다. 강의료는 내가 얼마 달라고 해서 주는 것이 아니다. 시장에서 몸값이 매겨진다. 4년간 있으면서 에세이집도 5권이나 냈다. 『천천히 걷는 자의 행복』, 『그곳에는 조금 다르게 행복한 사람들이 있다』, 『새벽을 여는 남자』, 『오풍연처럼』, 『새벽 찬가』 등이다. 또 1권 분량의 원고는 이미 다 써 놓았다. 언제든지 출간을 할 수 있다. 오늘은 이따가 대구 강의하러 내려간다. 최고의 아침을 맞았다. 해피 데이!

무엇이 두려우랴

"이제 본 게임이 시작된 겁니다." 어젯밤 윤은기 회장님이 나에게 해주신 말이다. 30년 언론생활을 마감하는데 무슨 말이냐고 반문할지도 모르겠다. 지금부터 더 값지게 살아야 한다는 뜻이다. 인생은 육십부터라는 말씀도 하셨다. 잘 나가다가 예순이 넘어 퇴락하는 것을 빗대 얘기하신 것. 실제로 승승장구하던 사람들도 풀 죽은 모습을 많이 본다. 그런 점에서 볼 때 윤 회장님은 가장 행복한 사람이다. 본인이 하고 싶은 일을 즐기고 있기 때문이다. 많은 사람들에게 자극을 준다. 윤 회장님 나이51년생면 뒷방 노인네 취급을 당하기 일쑤다. 따라서 그는 중장년의 로망이기도 하다. 그럼 나는 어떻게 해야 할까. 윤 회장님께 나의 솔직한 심정도 털어놓았다. 대학서 '자신감'과 '도전'을 강조하는 내가 시험대에 올랐다고 했다. 어제도 학생들 앞에서 같은 말을 했다. "여러분들은 제가 앞으로 어떻게 헤쳐 나가는지 보세요." 도전 의지를 새삼 다진 셈이다. 세상에 쉬운 일은 없다. 나를 기다리지도 않는다. 내가 찾아 나서야 한다. 오늘도 새로운 각오로 하루를 시작한다. 모두 파이팅!

자유를 추구하는 바보 오풍연

　내가 생각해도 엄청난 변화다. 어젠 하루 종일 뉴스를 보지 않았다. 뉴스와 거리를 두겠다는 내 다짐의 실천인 셈이다. 그동안 뉴스에 쫓겨 살았다고 해도 과언이 아니다. 뉴스를 생산하는 일에 일익을 담당했기 때문이다. 이제는 생산자가 아닌 소비자 입장. 소비자는 선택의 자유가 있다. 봐도 그만, 안 봐도 그만이다. 하지만 생산자는 의무다. 거기서 해방됐다고 할 수 있다. 혹자는 여행이라도 다녀오라고 했다. 여행은 가더라도 나중에 갈 생각이다. 내 일상의 변화는 없다. 앞으로도 마찬가지. 일찍 일어나고, 새벽 운동하고. 하루 4시간 취침, 20시간 활동은 그대로다. 훨씬 여유로워진 것은 사실이다. 아침에 출근을 안 하니까 그런지도 모르겠다. 말 그대로 자유인이다. 그동안 바보 오풍연을 자처했다. 여기에 자유인을 추가한다. 자유를 추구하는 바보 오풍연. 이제부터 내가 나아갈 길이다.

9月24日

"저에겐 페친이 있습니다"

내 페이스북 타임라인이 조금은 허전해졌다. 뭔가 빠진 것 같은 느낌이다. 사설이나 칼럼을 올리지 않기 때문이다. 아니 못 올린다는 표현이 정확할 것이다. 기자를 그만둔 만큼 더 이상 사설 및 칼럼을 쓸 수 없다. 그동안 내가 신문에 쓴 글도 타임라인에 공유했었다. 앞으로 타임라인을 더 풍성하게 하려고 한다. 7년 전에도 그랬다. 법조大기자로 있다가 필을 빼앗긴 게 계기가 돼 책을 쓰게 됐다. 지금까지 10권의 에세이집을 낼 수 있었던 이유다. 나에겐 든든한 우군이 있다. 5,000명의 페친과 1,520여 명의 팔로어. 이순신 장군이 한 말이 생각난다. "신에게는 아직 12척의 배가 남아 있습니다." 나도 이순신 장군처럼 충분히 존재할 수 있다는 얘기다. 페친들과 소통 강화에 방점을 찍는다. 나는 거의 있는 그대로를 옮긴다. 정직하고 투명한 세상. 내가 진정으로 바라는 바다.

꿈은 이뤄진다

사실상 프리를 선언한 지 나흘째다. 짧은 기간이지만 적지 않은 변화가 있었다. 가장 큰 변화는 뉴스를 멀리한 것. 신문은 아예보지 않고, 뉴스도 거의 안 본다. 나에게서 언론인 색깔을 지우기위해서다. 신문 구독도 이달 말까지만 한다. 보급소에 미리 전화를 해 놓았다. 이유는 단 하나. 어정쩡한 생활을 청산하기 위해서다. 이제 기자다운 생각, 행동은 완전히 접어야 한다. 인생 2막을여는 데 걸림돌이 되면 안 된다. 다행히 나에게 장점도 있다. 한번 안 한다고 결심하면 어떤 일이 있어도 하지 않는다. 술을 끊은게 대표적이다. 작년 2월 통풍으로 입원했다가 술을 끊은 뒤 한모금도 마시지 않는다. 언론계를 싫어하지는 않지만, 다시 돌아갈생각은 없다. 지금까지 30년 근무한 것만으로도 충분하다는 생각이다. 새로운 분야에서 다시 30년을 꿈꾼다. 물론 그것은 희망사항이다. 하지만 꿈은 실현되기도 한다. 희망을 가집시다. 꿈은 이뤄집니다.

혼자는 용감하다

정말 통쾌한 꿈을 꿨다. 어제 새벽에 쓴 글이 '꿈은 이뤄집니다'이다. 그 꿈의 연장인 듯하다. 속이 후련할 정도다. 생전 이 같은 꿈을 꿔보지 못했다. 그래서 꿈인지도 모르겠다. 내 성격 중 하나는 거침이 없다는 것. 속된 말로 하면 겁이 없다고 할까. 솔직히 이 세상에 무서운 것이 없다. 정직을 모토로 살아온 까닭이 아닌가 싶다. 비굴함은 인생의 적이다. 의롭지 않으면 행하지 아니한다. 늘 마음속으로 다짐하는 바다. 줄을 한 번 서보라는 얘기도 들어봤다. 하지만 내 양심이 허락하지 않았다. 그래서 항상 혼자였다. 그렇다고 외로움을 느끼지 않았다. 혼자는 용감하기 때문이다. 물론 사람은 혼자 살 수 없다. 그러나 결정은 개인이 한다. 개인과 공동체는 엄격히 구분해야 한다. 앞으로도 혼자의 삶은 유지할 생각이다. 오풍연이 살아가는 방식이다.

진인사대천명

    한낮에는 여전히 덥지만 가을이다.
내가 특히 좋아하는 계절이다. 매년
가을마다 설렘이 있다. "올 가을에는
좋은 일이 생길까." 이 같은 기대를 한다.
물론 매번 그냥 지나간다. 그래도 좋다. 좋은 데는 이유
가 없다. 작년 이맘때는 9번째 에세이집 『오풍연처럼』을 냈다. 광
화문 교보문고에 자주 가곤 했다. 사실 올해는 시련이 다가왔다.
30년간 언론인 생활에 종지부를 찍었기 때문이다. 인생 2막을 준
비 중이다. 누구나 엄청난 부담을 갖기 마련이다. 긍정적이고 낙
천주의자인 나도 아니라고 하면 거짓말. 내색을 덜할 뿐이다. 가
장인데 왜 걱정이 없겠는가. 걱정한다고 해결될 문제가 아니어서
오히려 도전에 초점을 맞추고 있을 뿐이다. 아내한테도 이렇게
얘기한다. "나를 시장에 내놓은 만큼 일단 기다려 보자. 평가를
받지 못해도 내 탓이다." 이제는 진인사대천명이다.

9월 29일

오풍연에게 적당히는 없다

사람을 좋아하지만 만남을 최소화하고 있다. 그 전에 잡았던 일부 약속은 취소하기도 했다. 내 진로 및 거취와 관련한 일정만 소화하고 있다. 우선적으로 잡을 찾기 위해서다. 물론 서두른다고 될 일은 아니다. 그러나 한가하게 놀러 다니고 잡담을 할 때는 더더욱 아니라고 본다. 정신 자세가 중요하다. 내 성격 탓인지도 모르겠다. 무슨 일을 하든지 끝장을 보는. 뭔가 곧 손에 잡힐 것도 같다. 하지만 방심은 금물. 그래서 몸가짐을 정갈하게 하고 있다. 1986년 계절 학기 졸업 후 직장을 잡을 때 같은 기분도 든다. 내 전공은 철학. 당시 데모 등을 주도한다는 이유로 외면 받은 학과였다. 심지어 원서조차 퇴짜 맞기 일쑤였다. 그래서 전공 불문인 언론사 시험을 준비했던 것. 그 결과는 언론사 두 곳의 합격으로 이어졌다. 일반 회사 3곳도 동시에 합격했다. 모두 5곳을 놓고 진로를 고민했던 기억이 난다. 결국 신문기자를 선택했고, 여기까지 왔다. 이제 두 번째 도전에 나선 셈. 종착지는 어디일까.

9月
*

🌙10月

10月1日

11번째 에세이집을 기다리며

오늘부터 사흘간 연휴다. 직장인에게 휴식은 꿀잠과 같다. 쉴 때는 아무 생각 없이 쉬어야 한다. 10월 1일. 이 한 달을 어떻게 보낼까. 물론 잘 보내야 한다. 하루 이틀 정도 여행도 할 생각이다. 기자생활 30년 마감을 자축한다고 할까. 국내 여행을 고려하고 있다. 아무래도 강원도 쪽이 좋지 않을까 싶다. 바다도 구경했으면 좋겠다. 그 다음은 11번째 에세이집 원고를 정리할 계획이다. 원고는 이미 다 완성됐다. 추리기만 하면 된다. 출판 시기는 미정이다. 기자가 아닌 순수 민간인 신분으로 책을 펴내는 셈이다. 내 글은 아시는 대로 신변잡기 수준이다. 나는 또 그것을 '오풍연 문학'이라고 한다. 문학이 꼭 거창할 필요는 없다는 이유에서다. 그 평가는 독자들의 몫이다. 그동안 페친들의 성원과 격려가 컸다. 내 문학의 배경은 페이스북이라고 할 수 있다. 그러니 페북을 멀리 할 수 있겠는가.

도전은 아름답다

여자의 변신은 무죄라고 했다. 그럼 남자의 변신은 유죄? 어제 방송진행자로도 나선다고 말씀드렸다. 얼떨결에 오케이 했지만 '오풍연 TV'가 구체화되어가는 셈이다. '오풍연 문학' 다음은 '오풍연 TV'라고도 했다. 정말 꿈은 이뤄지는가 보다. '오풍연 TV'에 대해 상상은 했지만, 이처럼 빨리 오리라곤 생각 못했다. 재능기부라고 해서 소홀히 할 수는 없다. 철저히 준비해야 제대로 된 방송을 할 수 있을 터. 또 다른 진행 모습을 보여주고 싶다. 진행자로서 질문만 하는 것이 아니라 상대방도 진행자인 나에게 질문을 하면 대답할 수 있도록. 말하자면 좌담형식의 토크라고 할까. 그러다보면 더 다양한 얘기가 오갈 것 같다. 기존 틀을 벗어나고 싶은 마음도 있다. 또 오풍연의 전부를 보여드릴 수 있는 기회가 될 듯하다. 주제에 방송까지 하느냐고 힐난할지도 모른다. 그러나 개의치 않겠다. 도전은 아름답기 때문이다.

기부와봉사

　내가 사업을 했으면 어땠을까. 가끔 듣는 질문이기도 하다. "사업을 해도 잘 하셨을 것 같아요." 대답은 "글쎄"다. 나의 적극적인 성격을 보고 후한 점수를 주는 듯하다. 도전적이고, 공격적이라고 해서 다 성공할 리는 없을 터. 다만 부지런하기에 실패할 확률은 적었을 것으로 본다. 한 번도 내 사업을 하겠다는 생각을 해본 적이 없다. 사람 일이니까 모르긴 한다. 70~80세에 창업할지도. 솔직히 난 돈에 그다지 관심이 없다. 밥만 먹고, 남에게 손을 벌리지 않으면 된다고 여겨왔다. 어찌 보면 무능한 사람에 가깝다. 재복도 타고난다고 한다. 하느님이 나에게 그것만큼은 주지 않았다. 그래도 감사하다. 재복을 타고나 돈이 많았다면 잘못된 길로 들어섰을지도 모른다. 그렇지 않기에 고맙게 생각하는 것이다. 사람이 모든 것을 갖출 수는 없다. 넘치면 넘치는 대로, 부족하면 부족한 대로 살아야 한다. 내가 바라는 삶은 기부와 봉사다. 조금 여유가 있으면 어려운 사람을 돕고 싶다. 봉사는 실천하고 있지만, 기부는 극히 미미하다. 기부도 실천했으면 하는 바람이다.

'오풍연 웨이'

대부분 월급쟁이 생활을 한다. 직장에서 일을 하고, 받은 임금으로 산다. 직장은 삶의 터전이라고 할 수 있다. 그런 만큼 소중하게 여겨야 한다. 또 최선을 다해야 한다. 다니는 둥, 마는 둥 해서는 안 된다. 직장에 다닐 때는 모른다. 나와 보면 고마움을 절실히 깨닫는다. 이런 저런 불평도 한다. 그것은 행복한 소리다. 직장이 없으면 그것마저도 못 한다. 직장에서 하루 최소한 9시간 이상 머무른다. 평일의 경우 집에서 있는 시간보다도 많다. 직장을 장난삼아 다니는 사람도 있는데 그래선 발전이 없다. 무슨 일을 하든지 완벽을 기해야 한다. 몸이 부서져라 일해야 한다는 뜻이다. 나도 30년간 기자생활을 했고, 또 다른 30년을 앞두고 있다. 다시 다짐을 한다. 지금보다 더 열심히 일을 하겠다고. '오풍연 웨이'를 위해.

부드러운 리더십을 추구한다

　누구나 잠재적 능력이 있다. 즉 잠재력이다. 그것은 자기 자신도 모른다. 남의 그것을 캐내 업무에 적극 활용하는 것은 리더의 능력이다. 이른바 리더십이다. 요즘 어디를 가든 리더십 얘기를 많이 한다. 딱히 측정하기도 어렵다. 그러나 많아서 나쁠 것은 없다. 각자 리더십이 있다. 나도 없지는 않을 터. 카리스마가 있고, 없고를 따진다. 나는 부드러운 리더십을 지향한다. 부드럽다고 일을 못하지 않는다. 외유내강을 추구한다고 할까. 내 성격과 무관치 않다. 지금껏 한 번도 얼굴을 붉혀 본 적이 없다고 말한 바 있다. 물론 싸워보지도 않았다. 성인聖人이 아니어도 가능하다는 게 내 지론이다. 앞으로도 바뀔 리 없다. 서울신문 노조위원장을 할 때도 그랬다. 강성보다는 온건을 내세웠다. 하는 일에 있어 둘의 차이는 거의 없다. 이미지만 다를 뿐이다. 당신은 어느 쪽을 선호합니까.

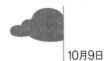

미련

　누구든지 미련을 갖기 마련이다. 아쉬움이 쌓이면 미련으로 남는다. 미련은 발전의 장애물이 된다. 따라서 미련은 빨리 버릴수록 좋다. 조금만 더하면 잘할 수 있을 텐데 하는 식이다. 그러다가 수렁으로 빠져들기도 한다. 버리지 못해서 그렇다. 내 성격 중 좋은 점 하나는 미련을 갖지 않는다는 것. 일단 결심이 서면 그냥 잊어버린다. 말끔히 씻는다는 얘기다. 이번에도 그랬다. "기자 생활 30년의 미련이 남지 않느냐?"고 묻는다. "전혀."라고 대답한다. 인생 2막을 위해 머릿속에서 지웠기 때문이다. 이제 언론인 생활은 과거일 뿐이다. 아름다운 추억으로 간직하면 된다. 왕년에가 아니라 앞으로가 더 중요하다. 무엇을 할 것인가를 고민해야 한다. 미래지향적으로 나가야 한다는 뜻이다. 현재와 미래도 내가 만든다. 발전의 주체는 바로 자신이다. 나를 잘 추스르자.

언어의 마술사

은산 고성현 시인이 나를 과찬했다. 새벽에 눈을 뜨자마자 가
장 먼저 고 시인이 공유한 글을 봤다. 고 시인과는 특별한 인연이
있다. 그가 3년 전쯤 페북 메시지를 보내왔다. 조카 결혼식이 있
는데 내가 주례를 서줄 수 있느냐는 것. 당시 얼굴도 모르는 사이
였다. 바로 오케이 사인을 보냈다. 그리고 얼마 후 그를 직접 만났
다. 그가 여의도 파이낸셜뉴스로 찾아왔다. 나보다는 두 살 아래.
고 시인 역시 이 세상의 아름다움을 시로 읊조리고 있다. 열정이
넘치는 친구다. 매사를 그냥 넘기지 않는다. 가까이 있으면 자주
볼 텐데 조금 멀어 안부만 종종 묻곤 한다. 고 시인처럼 아직 덜 알
려진 보석도 있다. 언어의 마술사는 내가 아니라 그다. 고 시인은

일상을 시로 표현하고 있다. 내 글
은 시래깃국 수준이다. 조미료를
거의 넣지 않은 글이랄까. 어제가
한글날. 한글을 사랑합시다.

어른이 되고 싶은 마음

우리 사회에 이른바 '어른'이 없다고 한다. 여기서 어른은 비단 나이가 많은 분만 뜻하는 게 아니다. 모두의 표상이 되어야 한다는 얘기다. 이런 분들이 많을수록 사회는 익어 간다. 오늘은 어른론을 설파하고자 한다. 어른은 무엇보다 인품이 훌륭해야 한다. 비록 많이 배우지 않더라도 가능한 대목이다. 그런데 그런 분들이 많지 않은 것도 사실이다. 인품의 훌륭함 정도도 남이 판단해야 한다. 자기 자신이 훌륭하다고 생각하는 사람은 없을 것이다. 학식과 경험도 있어야 한다. 인품, 학식, 경험을 갖춘 분을 찾기란 쉽지 않다. 어딘가 하나쯤 부족한 게 인간이기도 하다. 내가 목표하는 바가 있긴 하다. '어른'이 되었으면 좋겠다. 그러려면 부단히 연마해야 한다. 흠 잡을 데가 거의 없어야 비로소 어른 대접을 받을 수 있다. 지금은 인품, 학식, 경험 모두 부족하다. 더 채워야 한다. 그럴 각오는 되어 있다. 나의 원대(?)한 꿈이 이뤄질까.

바보처럼

바보당총재 오풍연 친구들과 점심을 하는 날이다. 인사동 뒷골목 허름한 밥집에서 만난다. 툇마루집 된장예술. 이름처럼 된장 맛이 예술이다. 밥값도 싸다. 우리 같은 서민들이 이용하기에 딱이다. 내가 신문사를 그만두자 한번 만나자고 했다. 나는 거취를 정한 다음에 보자고 화답했다. 결국 거취가 정해졌고, 모임도 이뤄지게 됐다. 바보당 친구들은 60년생 나와 동갑내기. 고락을 함께할 친구들이다. 남자 셋, 여자 두 명. 여자들도 남자 못지않다. 나의 인생 2막 시작을 자기네 일처럼 좋아했다. 사촌이 땅 사면 배 아프다는 속담이 있다. 남의 일을 내 일처럼 좋아하는 것도 쉽지 않다. 가족과 진정한 친구만 가능한 일. 그런 점에서 나는 행복한 사람이다. 축하받을 사람이 있으니 말이다. 바보당에 대해서는 이미 말씀드린 바 있다. 바보를 지향하는 사람끼리 모였다. 순수가 목표다. 모두 심성이 여리다. 바보처럼.

겸손

나는 사람을 가리지 않는다.
그동안 그래왔다. 누구든지 만
나자고 하면 오케이를 했다. 때
문에 많은 사람과 소통을 해온
것도 사실이다. 기자인 내가 사
람을 가려서는 안 된다는 신념
에서였다. 그러나 지난 3일 언론사 생활을 마감하면서 또 다른 결
심을 했다. 앞으론 사람도 그렇고, 자리도 가려서 가기로 작심했
다. 그래야만 될 것 같았다. 나 스스로에게 일종의 제약을 가한 셈
이다. 기자 생활을 할 때는 호기심도 많았다. 거리낌 없이 누구든
지 만났던 이유다. 직업상 그래왔다는 점도 부인하지 않겠다. 이
제는 기자가 아니다. 그런 만큼 더욱 언행에 조심을 해야 한다. 또
나를 더욱 낮춰야 한다. 겸손. 인생 2막을 시작하면서 다시 한 번
자세를 가다듬는다.

내 고향은 충남 보령이라오

다시 한 주가 시작됐다. 기분 좋게 월요일을 맞이한다. 요즘은 3시간 30분 정도 자면 저절로 눈이 떠진다. 기상 시간도 30분 정도 앞당겨진 셈이다. 어제도 9시 30분쯤 잤는데 1시 기상이다. 몸은 개운하다. 그럼 컨디션은 이상 없다는 얘기. 봉지 커피 한 잔을 마시고 있다. 눈을 뜨면 가장 먼저 찾는 음식이기도 하다. 나와 친구. 원래 오늘 고향충남 보령에 성묘하러 가려고 했는데 20일목로 늦췄다. 나의 인생 2막 시작은 나란히 누워 계신 부모님도 좋아하실 듯하다. 언론인 생활 30년을 마감한 것도 말씀드리려고 한다. 기자가 됐을 때 크게 반기셨던 어머니다. 무사히 마쳤으니 어머니 덕이 아닌가 싶다. 고향을 내려간 김에 대천 바다도 구경할 생각이다. 대천 바다는 백사장이 참 넓다. 국내 해수욕장 중 제일 넓을 것이다. 새벽 산책은 오늘도 변함없다. 조금 이따가 운동하러 나간다. 멋진 하루되시라.

그래도 초석이 된다면

다음 달부터 순수 민간기업으로 이직할 예정이라고 말씀드렸다. 기업의 목적은 뭘까. 뭐니 뭐니 해도 이윤 창출일 것이다. 기업은 돈을 벌어야 한다. 그런 다음 사회 공헌 등을 할 수 있다. 크게 성공한 사람은 돈 버는 것이 가장 쉽다고 할 수도 있을 터. 하지만 돈을 버는 게 쉽진 않다. 나는 버는 것보다 쓰는 데 훨씬 익숙하다. 돈도 잘 쓰는 편이다. 그러나 이제는 버는 데 일조를 해야 한다. 한국 경제는 굉장히 불투명하다. 구조적으로 기형적인 측면도 없지 않다. 특히 중소기업에 어려운 환경이다. 중소기업이 중견기업, 대기업으로 성장하는 것은 정말 어렵다. 여기엔 가진 자 대기업의 횡포도 아주 없다고 할 수 없다. 이런 벽을 깨는 데 기여하고 싶은 마음이다. 계란으로 바위치기라고 할지도 모르겠다. 그렇더라도 바뀌어야 한다. 내가 초석이 된다면 영광이겠다. 그날을 위해.

오풍연의 삶

이번에도 절실히 느꼈다. 내 일은 내가 발로 뛰어 해결할 수밖에 없다는 사실을. 남이 내 일을 해결해 줄 수는 없다. 함께 걱정해주는 것만으로도 고마워해야 한다. 10월 3일 언론사를 떠난다고 하니까 여러 사람들이 신경을 써주었다. 직간접적으로 나를 추천했다고 얘기해준 분들도 있었다. 대략 10명 안팎은 되는 것 같다. 고맙지 않을 수 없다. 그러나 어느 한 곳에서도 연락을 받은 바 없다. 인사치레 정도로 여겨야 한다는 얘기다. 반면 내가 직접 문들 두드린 곳에서는 거의 연락이 왔다. 새 직장도 같은 범주다. 거기서 차이점이 발견된다. 자기 자신을 믿고 도전해야 한다. 그래야 스스로도 강해진다. 나의 첫 번째 에세이집은 『남자의 속마음』 2009년 9월 대형 출판사인 21세기북스에서 나왔다. 많은 사람들이 출판사 사장님한테 부탁해 책이 나왔느냐고 했다. 그럴 리 없다. 당시 독자 투고를 통해 원고가 채택돼 햇빛을 보게 됐다. 내가 사는 방식이다. 나는 직접 뛴다. 대학에서도 '자신감'과 '도전정신'을 유독 강조하는 이유다.

의좋은 오남매

　오늘은 경기도 평택에 간다. 누님이 그곳으로 이사를 갔는데 집들이 차 5남매가 만나기로 한 것. 나는 아내와 기차를 타고 내려갈 예정이다. 주말에는 차가 많이 밀려 기차를 타는 편이 훨씬 낫다. 내 위로 누님과 형님이 한 분, 밑으로 남동생과 여동생이 있다. 누님이 62살, 막내 여동생이 54살이다. 모두 건강하다. 그것 또한 복이다. 형님과 남동생은 대전, 세종서 올라오고 나와 여동생은 서울서 내려간다. 다 흩어져 살다 보니 만나는 게 쉽진 않다. 그래도 우리 형제는 자주 만나는 편이다. 여동생 네가 지은 도곡동 빌딩도 구경한다. 얼마 전 준공식을 했던 빌딩이다. 형과 동생은 서울까지 왔다가 다시 내려갈 예정이다. 어머니 배 속에서 함께 나온 형제가 가장 좋은 것은 두말할 나위가 없다. 그러나 원수처럼 지내는 경우도 더러 본다. 우리 형제는 남들이 부러워할 만큼 우애가 좋다. 어머니로부터 받은 심성 때문일 터. 모난 사람이 한 명도 없다. 즐거운 하루가 될 것 같다.

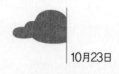

부지런함의 대명사

오늘은 부지런함과 게으름에 대해 얘기를 한다. 부지런함은 내 인생 4대 키워드 중의 하나다. 정직, 성실, 겸손, 부지런함. "부지런하면 밥은 굶지 않는다." 내가 자주 강조하는 말이기도 하다. 밥 걱정을 하지 않는다는 얘기가 아니다. 부지런하면 성공할 수도 있다는 뜻이다. 남들과 똑같이 먹고, 자고, 놀면 차별화할 수 없다. 그저 그런 사람으로 남는다. 차별화만이 성공의 지름길이라고 말한 바 있다. 그럼 잠을 줄이는 수밖에 없다. 다시 말해 덜 자야 무언가를 이룰 수 있다. 아침 일찍 일어나라는 말이기도 하다. 무릇 성공한 사람들은 대부분 얼리 버드다. 정주영 회장도, 이건희 회장도, 정몽구 회장도 부지런함의 대명사다. 굳이 일찍 출근하지 않아도 되는데 7시면 출근했다. 오늘날 삼성, 현대가 그냥 이루어진 게 아니다. 오너가 부지런했기에 가능했다고 본다. 이는 물론 나의 해석이다. 나도 부지런한 편에 속한다. 그렇다고 성공했다는 얘기는 아니다. 하지만 쓴잔을 맛보지도 않았다. 보통 이상의 인생은 살았다. 앞으로도 마찬가지다. 지금처럼.

10月24日

일의 소중함 잊으면 안 돼

　특히 우리나라 사람들은 남의 월급에 관심이 많다. 직장에 들어가면 연봉이 얼마냐고부터 묻는다. 왜 그럴까. 자본주의 사회에서 돈이 중요하기 때문일 터. 돈이란 그렇다. 많이 주는데 싫어할 사람은 없을 게다. 올려달라고는 해도 깎아달라고 하는 사람이 있을까. 나는 상대적으로 돈에 연연해하지 않는다. 최소한 먹고 살고 품위유지를 할 수 있으면 충분하다고 본다. 그러다 보니 저축을 못한 것도 사실이다. 다시 말해 빠듯하게 살았다는 얘기다. 돈보다 더 중요한 게 있다. 직장이다. 직장에 다닐 때는 잘 모른다. 그러나 잡이 없으면 그것의 소중함을 절실히 느낀다. 얼마를 주든지 최선을 다할 필요가 있다. 많이 주면 열심히 하고, 적게 주면 적당히 한다는 생각을 버려야 한다. 내가 먼저 있던 신문사 역시 대우는 보잘 것 없었다. 그렇지만 한 번도 불만을 가져본 적이 없다. 일을 할 수 있다는 게 행복했다. 다음 주 월요일부터 출근하게 될 새 직장에서도 각오를 다진다. 그곳은 나에게 또 다른 행복의 문을 열어주었다. 이젠 일로써 보답해야 한다.

아들의 29번째 생일

아들_{인재}의 29번째 생일이다. 올해 29살. 나 같으면 녀석을 낳았을 나이다. 그런데도 여전히 애기 같다. 심성 하나는 참 곱다. 배려심도 강하다. 그런데도 짝이 없다. 저녁은 시내 라칸티나에서 먹기로 했다. 놈이 좋아하는 이탈리안 레스토랑이다. 녀석도 25년 이상 된 단골집이다. 3~4세 때부터 다녔으니 말이다. 인재의 메뉴는 변함없다. 10-8. 스테이크와 스파게티. 오죽했으면 녀석의 유치원 시절 선생님이 "10-8이 뭐예요?"라고 물었을 정도다. 일기장에 10-8을 먹었다고 자주 썼기 때문이다. 라칸티나는 우리나라에서 제일 오래된 집이다. 1967년 처음 문을 열었다. 장소도 그대로다. 을지로 입구 삼성화재 지하. 삼성 이병철 회장님이 생전에 가장 아꼈던 식당이다. 삼성화재 지하에 문을 연 이유이기도 하다. 이 레스토랑의 선대 회장님은 몇 해 전 돌아가셨다. 지금은 둘째 아들이 가업을 잇고 있다. 인재가 삼촌이라고 부른다. 그만큼 가깝다는 얘기다. 내년에는 인재 옆에 짝이 있었으면 좋겠다. 나를 닮아서 연애는 빵점이다. 그래도 나는 아내를 만났지만.

또다시 정직을 강조한다

열 길 물속은 알아도 사
람 속은 알 수 없다고 한다.
딱 맞는 말이다. 자기 속도
잘 모르는데 남의 속을 어
떻게 알겠는가. 그래서 신
뢰가 중요하다. 인간관계에

서도 그렇다. 신용을 잃으면 끝장이라는 생각으로 관계를 이어가
야 한다. 그런데 그것을 휴지조각처럼 생각하는 이들도 적지 않
다. 아니면 말고 식이다. 나는 상대방을 100% 믿는다. 그래서 바
보 같다는 소리도 종종 듣는다. 하지만 분명한 믿음이 있다. 끝까
지 속일 수 없다는 확신을 갖고 있다. 그러니까 내 속이 편하다.
우선 의심을 하지 않으니까 사람 만나는데 거리낌이 없다. 다만
불편한 사람은 처음부터 멀리한다. 그럼 서로 부딪칠 일이 없다.
또다시 정직을 얘기한다. 왜 그런지는 알 것이다.

이제 방송 진행까지

　오늘 새벽 페북에 글을 올리지 않아 궁금한 분들도 있을 것 같다. 평상시와 똑같이 2시에 일어나 움직였다. 방송 촬영을 하느라 글을 쓰지 못했을 뿐이다. 오전 4시 광화문에서 촬영이 시작됐다. 비가 간간이 내렸다. 내가 진행자로 재능기부를 한 것이다. 7시쯤 촬영을 끝내고 스탭들과 아침 식사를 한 뒤 집에 왔다. 신문기자만 30년을 한 나다. 방송에 출연한 적은 있지만 진행자는 처음이다. 정말 색다른 경험을 했다. 다행히 NG는 별로 없었다. 새 직장에서 최선을 다해야 함은 말할 것도 없다. 토, 일요일 등 주말 시

간이 허락하면 방송도 경험하고 싶다. 오늘은 입사 전이라 평일 촬영이 가능했다. 흥분된 새벽이었다.

휴넷인이되기까지

오늘부터 휴넷인으로서 '휴넷 일기'를 연재합니다. 앞으로 얼마 동안 있을지 모르지만 그만두는 날까지 계속될 겁니다. 페친 및 저와의 약속이기도 합니다. 최선을 다하기 위함은 물론입니다. 어떻게 입사하게 됐는지 궁금한 분들이 많을 겁니다. 한 편의 드라마 같다고 할 수 있습니다. 제가 사람을 좀 많이 아는 편이니까 누군가의 소개로 들어가지 않았나 생각하는 분들도 있으리라고 봅니다. 제가 사는 방식은 그렇지 않습니다. 도전을 생활화하고 있는 저는 남의 도움을 받지 않고 직접 뜁니다. 이번에도 그랬습니다. 휴넷 조영탁 대표님께 손을 벌렸고, 조 대표님은 제 손을 잡아주셨습니다. 그 과정이 드라마틱합니다. 바로 추석 전날입니다. 9월 14일 새벽 4시쯤 한강에 나갔다가 문득 휴넷이 떠올랐습니다. 페이스북을 여는 순간 조 대표님이 스쳐 지나갔습니다. 조 대표님도 페친이셨습니다. 워낙 유명한 분이라 저는 조 대표님을 알지만, 조 대표님이 저를 알 리는 없었습니다. 한강 '오풍연 의자'에서 조 대표님께 페북 메시지를 띄웠습니다. 짧은 내용이었습니다. 10월 3일 언론계 생활을 마감한다는 것과 왠지 조 대표님과 인연이 닿을 것 같다고 말씀드렸습니다. 그리고 제 이력서와 자기소개서를 붙였습니다. 그랬더니 조 대표님께서 바로 연락을 주셨습니다. 같은 내용을 이메일로도 보내달라고 하셨습니다. 나중에 알았지만 당시 대표님은 외국에 계셨습니다. 그리고 얼마 뒤 한 통의 전화를 받았습니다. 조 대표님이 만났으면 한다는 내용이었습니다. 그게 바로 9월 29일 입니다. 조 대표님을 여의도 한 식당에서 뵈었습니다. 저녁 식사를 하면서 여러 얘기를 나누었습니다. 제가 더 말을 많이 한 편이었습니다. 자리에 앉은 뒤 20여 분쯤 지나 조 대표님이 저에게 손을 내미셨습니다. "함께 일해보자"고 하셨던 겁니다. 그러니까 딱 보름 만에 전광석화처럼 제 입사가 결정됐습니다. 조 대표님은 명성처럼 결정이 굉장히 빨랐습니다. 저로선 영광이었죠. 사실 저의 입사는 기적에 가깝습니다. 언론사를 떠난 뒤 57살에 유사 업종도 아니고, 완전히 다른 민간기업에 들어간다는 것은 상상도 못할 일입니다. 조 대표님이 그런 기회를 저에게 주셨습니다. 앞으로 제가 할 일은 분명합니다. 거기에 보답하기 위해서라도 더욱 열심히 일할 생각입니다. 페친께서도 격려와 함께 더욱 많은 성원 부탁드립니다. 고맙습니다.

역사적인 아침을 맞다

　2016년 10월 31일. 적어도 나에게만큼은 역사적인 날이다. 인생 2막을 시작하기 때문이다. 가슴이 뛴다. 사랑하는 아내가 노트북에 스티커를 붙여 놓았다. "첫 출근을 진심으로 축하합니다. 잘 다녀오세요." 내가 새벽 일찍 일어나니까 미리 인사를 건넨 것. 가장 존경하는 오성호 회장님도 어젯밤 메시지를 주셨다. "내일 휴넷 출근을 진심으로 축하합니다. 앞날에 영광과 행복이 함께 하시길 기원 드립니다!" 어떤 선물보다도 값진 응원 메시지다. 중학교 절친도 입사를 축하해주었다. "동기들은 명퇴를 하는데. 신입사원처럼 입사를 한다니 참 행복한 일이다." 정말 그렇다. 이밖에 여러 지인들로부터 진심어린 축하를 받았다. 내가 보답하는 길은 딱 하나다. 휴넷인으로 부끄럽지 않게 활동하는 일만 남았다. 일에 대한 열정은 가득 차 있다. 나의 모든 것을 쏟아 부을 생각이다. 기분 좋게 하루를 연다. 모두 멋진 날 되시라.

11月

11月1日

일이 있다는 것은 축복입니다

　나의 인생 2막 시작은 매우 순조롭게 출발했다. 어제 첫날부터 빡빡했다. 일을 즐기는 나여서 보다 행복했다. 휴넷 직원들도 나를 반겼다. 적어도 내 눈에는 그렇게 비쳤다는 얘기다. 아침 7시 30분쯤 구로동 회사에 도착했다. 내가 아는 분이라곤 조영탁 사장님과 문주희 인재경영실장님 등 두 분뿐. 8층에 올라가 문 실장님께 전화 드렸더니 바로 나와서 문을 열어주셨다. 매주 월요일은 실, 본부장 회의를 하는데 나도 참석했던 것. 회의 분위기도 아주 자유로웠다. 딱딱한 신문사 분위기와는 사뭇 달랐다. 토론식으로 진행된다고 할까. 거기서도 조 사장님의 리더십이 돋보였다. 보고를 하는데 내가 잘 알 수 없는 용어도 많았다. 앞으로 공부해야 할 대목이다. 이어 문 실장님의 안내로 각 사무실을 돌며 직원들과 인사를 나눴다. 전체 직원은 250명. 적지 않은 숫자다. 보수적인 신문사에서 생각할 수 없는 청바지 차림도 적지 않았다. 자율복장제를 실시하고 있어서다. 우선 직원들의 표정이 밝았다. 생기가 넘쳤다. 휴넷의 미래를 내다볼 수 있는 징표다. 저녁까지 행사가 이어졌다. 행복한 경영대학 특강이 있었다. 휴넷이 중소기업 CEO들을 대상으로 무료 강좌를 열어주는 프로그램이다. 전체 10주 과정으로 2기는 모두 34명이 등록했단다. 어젠 그들과 인사만 나눴다. 이 강좌 역시 내가 총괄한다. 그리고 집에 오니까 밤 9시쯤 됐다. 평소 같으면 막 자려고 할 시간. 정말 일을 할 수 있다는 것은 축복이다. 휴넷 일기는 계속 이어진다. 저와 휴넷의 발전을 지켜봐 달라.

인간의 양면성

　인간에게는 누구나 양면성이 있다. 겉으로 드러난 나와 속의 내가 있다. 사람들은 외양에 더 치중을 한다. 남에게 잘 보이고 싶기 때문이다. 하지만 겉보다 속을 채워야 성공할 수 있다. 겉은 단기간에 치장할 수 있지만 속을 채우려면 오래 걸린다. 누구나 빨리 승부를 보고 싶어 한다. 결국 승리는 인내심을 갖고 속을 채운 사람에게 돌아간다. 뭐든지 하루아침에 이뤄지는 일은 없다. 내가 학생들에게 하는 말. 하루는 짧다. 1개월, 6개월, 1년, 5년, 10년을 투자해보라고 한다. 그럼 자신도 모르게 변화된 모습을 볼 수 있다. 나는 1년에 대략 4,000km를 걷는다. 하루에 걷는다면 불가능한 일이다. 매일 걷기 때문에 그 목표에 도달할 수 있다. 바닥이 구멍 날 정도로 닳은 운동화 두 켤레가 그것을 말해준다. 6개월이면 운동화가 헤어져 바꿔야 한다. 성질이 급한 사람은 시멘트 바닥에 운동화 바닥을 문지를지도 모른다. 그렇다고 목표에 도달할 수는 없다. 다시 한 번 강조한다. 서두른다고 되는 일은 없다. 천천히 가되, 거르지 말아야 한다. 매사가 그렇다.

휴넷에서의 첫주

나도 무쇠덩어리가 아님은 분명하다. 오늘은 무려 8시간이나 푹 잤다. 이런 일은 처음이다. 몸이 아플 때를 빼고 이처럼 자본 적이 없다. 긴장이 풀린 탓일까. 아무리 늦어도 4시 전에 일어나는데 6시 30분까지 잤으니 말이다. 몸도 한결 가볍다. 신입생이나 사회 초년병의 심정을 알 것 같다. 기자 생활 30년을 마감하고 휴넷인으로 첫 주를 보냈다. 상대적으로 느슨한 언론사와 달리 민간 기업은 팽팽하다는 느낌을 받았다. 나도 거기에 적응해야 한다. 더군다나 휴넷은 온라인 교육기업. 모든 프로세스가 온라인으로 이뤄진다. 그런 만큼 속도가 매우 빠르다. 한눈을 팔 겨를도 없다. 따라가지 못하면 낙오자. 모르면 묻고, 또 배워야 한다. 나 역시 마찬가지다. 오후쯤 한강에 나가려고 한다. 앞으로 주말 산책은 낮 시간을 이용할 계획이다. 생활 패턴도 조금은 변화를 주어야 할 듯싶다.

무한도전

나는 어디까지 진화할 수 있을까. 인간의 능력은 무한대로 본다. 나도 한 인간. 따라서 발전할 가능성은 얼마든지 있다. 다만 노력이 전제돼야 한다. 지금 바람은 딱 한 가지. 휴넷을 더 키우는데 일조하고 싶다. 4차 혁명시대에 맞게 휴넷도 변해야 한다. 물론 그러한 노력을 하고 있다. 온, 오프라인의 경계가 무너졌다. 모든 것을 다해야 한다는 얘기다. 이제는 사람도 팔방미인이 되어야 한다. 유식한 말로 전인적全人的 인간. AI인공지능, VR가상현실 등 새로운 트렌드가 지배할 태세다. 한눈 팔다 보면 흐름을 놓친다. 국가나 개인도 마찬가지다. 새로운 흐름을 어렵다고 멀리할 게 아니라 더 가까이 해야 한다. 시대에 뒤처지면 안 되기 때문이다. 무조건 파고드는 자세가 필요하다. 신문사에선 글만 쓰면 됐다. 그러나 민간기업은 다르다. 특히 휴넷은 트렌드를 선도하는 교육 기업. 교육 혁명의 선두 주자. 나도 일원이 됐으니 작은 역할이나마 해야 한다. 나의 진화도 진행형이다.

1년농사 지으러 간다

　회사 워크숍에 참석한다. 내년도 사업계획을 확정하기 위해 결의를 다지는 자리. 팀장급 이상이 참석대상이다. 1박 2일. 경기도 일산 동양인재개발원에서 열린다. 평생 기자생활을 해온 나에게 색다른 자리가 될 것 같다. 내가 속해 있는 사회행복실도 나름 준비를 했다. 입사한 지 열흘밖에 안 돼 회사 업무를 전부 파악했다고 하면 거짓말. 배우려고 열심히 노력은 했다. 결론적으로 말해 일은 재미있다. "잘할 수 있겠다."는 자신감도 있다. 여기에 운도 따라주면 좋겠다. 아무리 노력해도 성과가 덜 나기도 한다. 나는 안 된다고 생각해본 적은 없다. "할 수 있다. 그래 한번 해보자."는 게 내 철학이다. 가장 달콤한 게 있다. 바로 성취감이다. 무슨 일을 달성했을 때 맛보는 그것은 경험해본 사람만 안다. 작은 성취가 모이면 큰 성취가 된다. 처음부터 욕심을 부릴 생각은 없다. 작은 것부터 하나하나 이뤄 나가려고 한다. 나도 휴넷에서 성공하고 싶다. 그것이 나를 받아준 휴넷에 대한 도리이기도 하다. 처음과 끝이 같으면 발전이 있을 터. 결전의 날은 밝았다.

11월 11일

신입사원 적응기

꿀잠을 잤다. 많이 피곤했나 싶었다. 하루 종일 회의하는 게 익숙하지 않아 그랬을 터. 이것 또한 신입사원으로서 적응해 가는 과정이다. 사실 한 해 농사는 사업 계획으로 시작한다. 계획을 완벽하게 세우면 그만큼 일도 쉬워진다. 내가 맡은 사회행복실은 다소 추상적. 회사 이미지를 올리는 게 주요 업무라고 할 수 있다. 휴넷 하면 모두 고개를 끄덕일 때까지 알리고 또 알려야 한다. 여러 페친께 휴넷 홍보대사가 되어 달라고 부탁드린 이유이기도 하다. 차근차근 알려나갈 참이다. 뭐든지 하루아침에 되는 일은 없다. 잠시 뒤 9시부터 나도 발표한다. 오늘 마무리 잘하고 멋진 주말 계획 세우시라.

휴넷 오풍연 이사의 행복일기

*

오풍연 철학

"대학에서는 무엇을 가르치세요." 내가 만 5년째 대학 강의를 한다니까 궁금해 하는 분들도 있다. 저널리즘? 아니면 매스컴? 기자 출신인 점을 알고 대부분 이렇게 묻는다. 나는 조금 거창하게 대답을 한다. "철학을 강의합니다." 그럼 또 한 번 놀란다. 심오한 철학을 강의하는 줄 알고. 하지만 내 철학은 심오하지도 않고, 깊지도 않다. 그냥 사람 사는 얘기를 들려준다. 아주 평범한 얘기다. 나는 그것을 철학이라고 한다. 결국 철학도 사람 얘기 아니겠는가 하는 것이 내 생각이다. 철학이 어려워선 안 된다. 무엇보다 쉬워야 한다. 그런데 철학자라고 하는 사람들은 어려운 말만 쓴다. 도대체 무슨 말을 하는지 모를 때도 많다. 형이상학이니, 형이하학이니. 철학의 목적도 궁극적으론 행복에 있을 것이다. 나는 '행복전도사'를 자처한다. 인생의 목표도 정점에는 행복이 있다고 본다. '오풍연 철학'을 정의한다면 행복 추구다. 앞으로도 마찬가지다. 개똥철학이라 불러도 좋다.

행복한 경영대학

휴넷 조영탁 사장님은 모든 점에서 앞서가는 CEO다. 내가 휴넷에 들어와 솔직히 느낀 바다. 언행일치의 전형이랄까. 그중에서도 조직문화는 으뜸이다. 좋은 것은 가장 먼저 휴넷에 접목시킨다. 실천하는 경영자라고 할 수 있다. 행복한 경영대학도 그렇다. 전국의 중소기업 CEO를 선발해 무료로 온, 오프라인 교육을 시켜주는 프로그램. 모두 10주 과정이다. 한 기수당 30명을 뽑는다. 이번이 2기다. 이 같은 교육은 사실 대기업도 생각하기 어렵다. 조 사장님이니까 할 수 있다고 본다. 교육 과정도 짜임새 있다. 온라인은 물론 오프라인 강의도 인상적이다. 내로라하는 분들이 재능기부 형식으로 참여하고 있다. 이금룡, 이민화, 윤은기, 손욱 회장님 같은 분이 열강을 한다. 오늘부터 경기도 이천에서 1박 2일간 워크숍을 한다. 나도 참석할 예정이다. 2기 대표인 이찬호 회장님이 초대해 주셨다. 내일 대구 강의가 있어 잠은 자지 않고 밤늦게 올라온다. CEO님들과 더 가까워지는 기회가 될 것 같다. 벌써부터 설렌다. 기분 좋은 새벽이다. 지금 시간 2시. 오늘도 파이팅이다.

"당신 사랑합니다"

모레11월 17일가 결혼 29 주년이다. 문과대 서관 벤치 밑에서 만난 그녀. 바로 아내다. 1985년 여름 무렵이다. 나는 철학과 4학년 복학생. 아내는 사학과 3학년. 그리고 1987년 결혼했다. 2년가량 연애를 한 셈이다. 나는 다시 태어나도 아내와 결혼할 터. 하지만 아내는 아니란다. 내가 아내를 더 좋아하고 있다는 방증이다. 솔직히 호강은 못 시켜주었다. 신문기자 처우가 그럴 정도는 못 되기 때문이다. 겨우 밥 먹고 살았다고 할 수 있다. 그럼에도 투정을 안 부린 아내가 고맙다. 하나뿐인 아들도 곱게 자랐다. 나는 더도 안 바란다. 세끼 밥 먹고 가족 모두 건강하면 된다. 새로 직장도 얻었으니 금상첨화. 모든 게 고맙고 감사할 따름이다.

진짜로 미쳐라

미쳐라. 웬 새벽에 뚱딴지같은 소리냐고 반문할지도 모르겠다. 그러나 지극히 정상이다. 미치지 않고서는 무엇도 이룰 수 없기 때문이다. 남의 눈에 미친 사람으로 비치면 일단 성공 가능성이 있다. 그만큼 몰입한다는 뜻이기도 하다. 남에게 미친 사람으로 비칠지라도 자기 자신은 온전하다. 성공한 사람과 그렇지 못한 사람의 차이일 게다. 나도 혹자의 눈에는 미친 사람으로 보일 것이다. 매일 1~2시에 일어나 아침 식사를 하고, 새벽 산책을 거르지 않고. 꼭두새벽에 미쳤냐고 할 만하지 않겠는가. 즐긴다고 하겠다. 또 성공했다는 얘기도 아니다. 나의 도전은 여전히 진행형이다. 오풍연의 살아가는 방식이다.

웃음 전도사

　나는 많이 웃는 편이다. 그냥 좋다. 달리 이유도 없다. 무엇보다 살아있음에 감사한다. 웃음에는 자연적인 웃음과 쓴웃음이 있다. 자연적인 웃음이 좋은 것은 말할 나위도 없다. 웃음은 몸과 마음을 젊게 하는 측면도 있는 것 같다. 흰머리가 많은 나에게 젊어 보인다고 하는 사람도 있다. 항상 웃고 있어서 그럴지도 모른다. 나는 '웃음 전도사'도 자처한다. 웃음을 곳곳에 전파하고 싶은 게 내 바람이기도 하다. 어떻게 하면 많이 웃을 수 있을까. 비결은 있다. 배짱이 두둑해야 한다. 그래야 많이 웃을 수 있다. 다시 말해 자신감이 있어야 더 웃을 수 있다는 얘기다. 자신감이 없으면 위축된다. 쪼그라드는데 웃음이 나올 리 만무하다. 웃다 보면 여유도 생긴다. 얼굴이 편안해보임은 물론이다. 오늘도 웃음으로 하루를 연다. 웃자.

늦잠

아뿔싸, 늦잠을 잤습니다. 눈을 떠보니까 6시 40분이었습니다. 이런 일도 처음이었죠. 물론 새벽 3시에 일어났는데 다시 잤습니다. 그래서 매일 새벽 띄우던 글도 올리지 못했습니다. 무슨 일이 있었는지 궁금해하시는 분들도 있을 겁니다. 더러 이 같은 메시지도 받습니다. 오전 8시 회사 간부회의를 끝내고 컴퓨터 앞에 앉았습니다. 어젠 자정쯤 잤습니다. 그럼 4시에 일어나 하루를 시작하는데 스케줄이 어긋났습니다. 원숭이도 나무에서 떨어지는 일이 있다고 하는데 이를 두고 하는 것 같습니다. 직장인들은 대부분 월요병을 앓는다고 하죠. 주말을 쉬고 출근하는 게 탐탁지 않다는 뜻이기도 합니다. 그러나 월요일 출근이 즐거워야 합니다. 그래야 한 주도 희망차게 보낼 수 있습니다. 저는 회사 출근이 마냥 즐겁습니다. 일터가 있다는 것, 최고의 행복입니다. 행복을 겨워하면 안 됩니다. 멋진 한 주 되십시오.

11月22日

인과응보

어제와 같은 일은 없었다. 2시에 일어났다. 이게 정상이다. 오늘은 대구 강의가 있다. 학생들에게 미리 고지를 했다. 질의응답식으로 수업을 진행하겠다고. 어떤 질문을 해도 좋다고 했다. 토론방식이 가장 좋다. 관심사를 물어보는 만큼 눈빛도 달라진다. 지난주도 6~7교시는 질문을 받았다. 한 학생이 광화문 집회에 대한 내 견해를 물었다. 내 생각을 솔직히 전달했다. 학생들 역시 요즘 키워드에 대해 관심이 많은 것 같다. 인기 검색어는 시대상을 반영한다. 사람들의 관심사가 비슷하기 때문이다. 최근엔 탄핵이라는 말이 많다. 정치인이 제일 싫어하는 말일 터. 쫓아낸다는데 누가 좋아하겠는가. 사람은 그렇다. 자기 잘못은 잘 모른다. 대신 "내가 왜?"라며 고개를 갸우뚱한다. 그러나 핑계 없는 무덤 없다. 유식한 말로 인과응보. 명심하자.

다 이유가 있다

    나름 이유가 있었다. 고려대 경영학과가 국내 최고라고 했다. 나는 반신반의했다. 서울대, 연세대도 있는데. 그래서 포털 사이트에 들어가 검색을 해보았다. 실제로 그랬다. 국내 대학 중 세계 100위권 안에 드는 대학은 고대가 유일했다. 내가 나온 모교여서 흐뭇했다. 경영 쪽은 서울대와 연세대가 나은 줄 알았다. 고려대가 이들 대학보다 앞선 것은 순혈주의를 깬 데 있지 않았나 싶었다. 경영학과 교수는 모두 88명이란다. 적지 않은 숫자다. 고려대를 나오지 않은 교수도 절반쯤 된다고 했다. 타대는 서울대 출신이 많고, 전통의 라이벌 연대 출신도 있다고 했다. 그러니 교수끼리도 경쟁을 할 터. 반면 서울대나 연대는 여전히 순혈주의가 강하다. 하나만 알고 둘을 보지 못한 경우다. 그 결과는 경쟁력 하락으로 이어졌다. 대학뿐 아니라 일반 회사도 마찬가지다. 인재는 다양한 방식으로 뽑는 것이 좋다. 옛날처럼 레벨이 전부일 수는 없다. 능력을 우선해야 한다는 얘기다. 실력 제일주의. 사람이 최고다.

왜 휴넷인가

휴넷 직원들은 금요일을 손꼽아 기다린다. 1시간 먼저 출근하고, 1시간 일찍 퇴근하기 때문이다. 전 직원이 오전 8시 출근해 특강을 듣고, 오후 5시 일제히 퇴근한다. 금요일 오후부터 주말 분위기를 내라는 뜻이다. 금요 특강은 400회를 돌파했다. 각 분야의 유명 강사들을 초청해 강의를 듣는다. 교육기업답다. 회사도 공부하는 분위기가 물씬 난다. 대학 도서관 같다고 할까. 일도 하고, 공부도 하는 양수겸장이다. 나도 대학에서 강의를 하지만 솔직히 공부를 좋아하진 않는다. 공부해서 가르치는 것이 아니라 경험을 전수하기 때문이다. 그러나 어찌하랴. 이곳에서는 직원도, 임원도 의무교육이 있다. 이른바 학점이수제다. 1년에 몇 학점 이상은 따야 한다. 책도 의무적으로 읽어야 하는 권장도서가 있다. 휴넷인은 적어도 무식하다는 소리를 듣지 않는 이유일 게다. 이 또한 휴넷이 자랑하는 기업문화다.

죽음이 두려운가요

　　사람은 누구나 죽는다. 아무리 죽음을 피하려고 해도 그럴 수는 없다. 죽음 또한 당위다. 태어나면 죽는 것이 세상의 이치다. 그럼 값진 죽음을 맞이할 필요가 있다. 오늘은 죽음에 대해 생각을 해본다. 나는 죽음이 두렵지 않다. 당장 오늘 죽는다고 해도 담담히 받아들일 것이다. 죽음을 각오하면 두려울 것이 없다. 죽기밖에 더 하겠느냐 생각하면 무엇이든지 할 수 있다. 다시 말해 죽음은 용기를 불러온다. 죽음을 두려워하면 쩨쩨해진다. 비굴해진다는 얘기다. 특히 사내는 배짱이 두둑해야 한다. 또 작은 것을 탐해도 안 된다. 소탐대실하는 경우를 본다. 담대함. 내가 추구하는 방식이다.

두드려라, 그럼 문이 열린다

   이제 딱 한 달 남았다. 매년 그렇지만 2016년은 더 없이 의미 있는 해로 기억될 것 같다. 인생 2막을 시작했기 때문이다. 57살의 나이에 신입사원 입사. 그것도 내 힘으로 당당히 들어갔다. 휴넷의 새 식구가 되니까 두 가지 질문에 맞닥뜨렸다. "조영탁 사장님을 아느냐", "누가 소개를 해 주었느냐" 둘 다 아니다. 조 사장님과 페친으로 지냈을 뿐이다. 페친 5,000명 중 한 명이었다는 얘기다. 물론 입사 전까지 한 번도 뵌 적이 없다. 그렇다고 누구의 소개를 받지도 않았다. 결론적으로 말하자면 휴넷은 이른바 로비가 통하지 않는다고 한다. 휴넷의 입사 과정은 앞서 설명 드린 바 있다. 절박하면 길이 보인다. 두드리면 문이 열린다. 대신 정도를 걸어야 한다. 빨리 가려고 샛길을 찾다 보면 더 늦을 수도 있다. 내가 살아온 방식, 앞으로도 살아갈 방식이다.

12月

노도 할 수 있어야 진정한 용기다

"당신은 자신 있게 노를 할 수 있습니까." 참 어려운 질문이다. 예스를 하는 것보다 노를 하는 게 훨씬 어렵다. 노를 분명히 하되 자주 노를 하면 안 된다. 부정적인 사람으로 비치기 때문이다. 나는 30년 동안 기자생활을 하면서 딱 두 번 노를 했다. 그 결과는 아주 고집 센 사람으로 인식됐다. 예스맨이 노도 했기 때문이다. 한번은 수서사건 수사 때다. 당시 모든 언론들이 고건 전 서울시장이 구속될 것이라고 보도했다. 신문, 방송 모두 마찬가지였다. 그런 보도가 열흘 가까이 이어졌다. 나는 끝까지 구속될 것이라는 예상 기사를 쓰지 않았다. 그랬더니 회사서울신문 안에서도 난리가 났다. "너만 독야청청할 것이냐."는 비아냥거림도 들었다. 그러나 나는 내가 취재한 것을 종합해 "아니다."라고 버티었다. 결과는 고 전 시장 귀가조치로 매듭지어졌다. 그리고 귀가한다는 작은 특종도 했다. 나도 끈질겼지만 끝까지 믿어준 당시 사회부장이 고마웠다. 두 번째는 편집국장의 불미스런 사건이 있을 때 "당신은 안 돼."라고 노를 했다. 이를 두고 기자 총회가 열렸다. 국장의 거취

문제를 논의하려고 연 총회였는데 누구도 그것을 언급하지 못했다. 그래서 내가 손을 들고 일어나 노를 하면서 총회가 끝난 적이 있다. 그 국장은 결국 물러났다. 사내는 그렇다. 목에 칼이 들어와도 아닌 것은 아니라고 말할 수 있어야 한다. 그것이 진정한 용기다.

영원한 바보

　내가 좋아하는 부류가 있다. 영혼이 맑은 사람. 특히 요즘 같은 세태에는 더욱 그렇다. 세 살배기 아이처럼 천진난만하면 얼마나 좋을까. 그러려면 순수해야 한다. 순수. 정말 좋은 말이다. 하지만 쉽지 않은 덕목이다. 불순물이 끼어들 소지가 크기 때문이다. 나는 순수해지려고 노력한다. 그러기 위해 욕심도 거의 내려놓았다. 바보 같아야만 가능하다. 남들이 볼 때 속이 없는 사람처럼 비쳐야 한다. 나는 바보 같다는 말이 칭찬으로 들린다. 적어도 잇속을 챙기지 않는다는 뜻으로 해석될 수 있다. 자주 바보를 거론하는 이유이기도 하다. 바보 오풍연. 내가 지향하고자 하는 바다. 영원한 바보이고 싶다.

휴넷 오풍연 이사의 행복일기

*

268

비움 곧 무소유

나는 잘 살고 있는 건가. 수시로 묻는다. 그럼 시행착오를 최소화할 수 있다. 사람은 자기를 합리화하려는 경향이 있다. "이 정도면 되겠지."하면서 스스로 안도하기도 한다. 자기만족을 찾는다고 할까. 나도 다르지 않다. 그러나 삶의 방식은 사람마다 다르다. 다음 질

문에 맞닥뜨린다. 어떻게 사는 것이 잘 사는 걸까. 그 해답 역시 자기가 찾아야 한다. 따라서 '어떻게' 역시 자주 물어볼 필요가 있다. 나의 어떻게는 의외로 단순하다. 마음을 비우고 사는 것. 나는 계속 내려놓는 연습을 한다. 비워야만 비로소 행복해질 수 있다. 여기서 비움은 물질과 권력이다. 돈에 연연하고 자리를 탐내면 결코 행복해질 수 없다. 결론적으로 말하자면 무소유만이 행복의 첩경이다. 비움, 곧 무소유의 철학이 바로 내가 찾는 길이다.

나중보다 지금 당장

12월 7일이다. 느낌이 좋다. 1시도 안 돼 일어났다. 오늘도 긴 하루를 써야 한다. 어제 종강을 하면서 학생들에게 시간을 아껴 쓸 것을 주문했다. 그러면서 이런 말을 했다. "나중에" 대신 "지금 당장"을 강조했다. 무슨 지시를 받으면 대부분 "나중에 하지"라고 대답한다. 가장 뱉기 쉬운 말이기도 하다. 시간을 벌자는 얘기다. 그러나 "나중에"를 자주 쓰면 발전이 없다. 차일피일 미루다 손도 못 대는 일이 많기 때문이다. 그럼 어떻게 해야 할까. "지금 당장" 해야 한다. 나는 즉시형이다. 무슨 말이 떨어지면 바로 손을 댄다. 속전속결이랄까. 나중에 한다고 지금보다 나을 리 없다. 부지런한 사람과 게으른 사람의 차이다. 누구든지 부지런한 사람을 좋아한다. 남의 눈에는 확실히 구별된다. 생산성 측면에서도 지금 하는 게 낫다. "나중에"는 자기 인생에서 지워버려도 된다. "지금 당장" 실천형이 돼라.

정말 행복합니다

나에게 이런 날도 있다. 자정이 다 되었는데도 잠이 오지 않는다. 집에 있는 경우 밤 10시를 넘긴 적이 없다. 나는 억지로 눈을 붙이진 않는다. 졸리면 아무 때든지 잔다. 몸도, 마음도 홀가분하다. 내년도 사업 계획 발표를 마무리해서 그런가. 지난 6일 종강도 했다. 한 해 농사를 거의 마무리 지은 셈이다. 대풍이라고 할 수 있다. 많은 변화가 있었지만 안착했다. 유식한 말로 소프트 랜딩. 정유년 새해도 기대된다. 음력 설 무렵 11번째 에세이집이 나올 예정이다. 제목도 정했다. 휴넷 오풍연 이사의 '행복일기'. 내 글은 일기체 형식이다. 매일매일 쓰기 때문이다. 그리고 아주 짧다. 이름 하여 장편掌篇 에세이. 원고지 3장 안팎의 분량이다. 새 책이 행복을 가져다 줄 것 같은 느낌도 든다. 행복경영을 추구하는 '휴넷인'이 됐기 때문이다. 그리고 행복출판사. 설렘의 연속이다.

휴넷, 부럽지 않습니까

휴넷은 혁신적인 기업이다. 특히 조직문화는 타의 추종을 불허한다. 지난 9일 열린 전사워크숍에서도 폭탄선언이 나왔다. 무제한 자율휴가제. 아예 내년부터 휴가제를 없앴다. 본인이 알아서 휴가를 쓸 만큼 쓰라는 얘기다. 사원들도 긴가민가했다. 자율문화가 정착된 곳이긴 하지만 파격적이다. 휴넷은 회사 곳곳에서 자율이 읽혀진다. 물론 복장도 자유다. 나도 10월 31일 첫 출근하는 날만 양복을 입었다. 여름에는 반바지를 입고 나와도 된다. 출퇴근도 자유다. 출근 시간을 체크하지도 않는다. 업무에 지장이 없는 한 최대한 자유를 허용하는 것이다. 또 퇴사보너스도 지급한다. 만약 신입사원이 회사에 들어와 1~3개월 안에 적응을 하지 못하고 그만두면 나갈 때 보너스를 지급하는 것. 이 제도도 당장 내년부터 시행한다. 이런 기업이 또 있을까. 휴넷의 자랑이기도 하다.

열정 피플이 됩시다

보름 있으면 58살이 된
다. 거의 꽉 찬 50대 후반이
다. 세월을 붙잡을 수 없듯
나이도 마찬가지다. 그냥 먹
어야 한다. 기분 같아선 10
년만 젊었으면 좋겠다. 가장 부러운 게 젊음이다. 나의 그때도 있
었지만 눈 깜짝할 사이에 지나왔다. 그래서 생활 습관도 바꿨다.
젊게 살려고 노력한다. 삶의 철학을 바꾼 셈이다. 내가 정직과 함
께 추구하는 것이 있다. 열정이다. 그것은 나이와 상관없다. 젊은
이 못지않게 가질 수 있다. "열정이 대단하신 것 같아요." 더러 듣
는다. 칭찬으로 여겨도 좋을 듯싶다. 열정은 돈이 들지 않는다. 무
엇보다 마음의 자세가 중요하다. 의지가 있어야 한다. 하고자 하
는 집념, 다시 말해 욕심이라고 할까. 일에 대한 욕심은 많아도 나
쁘지 않다. 오히려 권장할 만하다. 우리 모두 열정 피플이 됩시다.

워런 버핏과 오풍연

"저와 2~3만 원짜리 식사를 하실까요?" 내가 휴넷에 들어온 뒤 직원들과 점심을 함께 하면서 하는 말이다. 구로동 지역은 상대적으로 밥값이 싸다. 광화문이나 여의도에 비해 저렴한 식당이 많다. 그래서 둘이 먹는 데 이 같은 돈이면 충분하다. 주로 찌개나 탕 종류. 우리 사회행복실 말고 다른 부서 직원들은 얼굴을 잘 몰라 한 분 한 분과 점심을 먹으면서 이런 저런 얘기를 듣고 있다. 아직 10명이 안 된다. 1주일에 2~3번은 이 같은 기회를 가지려고 한다. 점심을 먹고 차도 같이 한 잔 하면 한층 가까워질 수 있다. 미국 투자 귀재 워런 버핏과의 식사는 한 끼에 40억 원. 비록 그것에 비하면 새발의 피지만 훨씬 의미 있다고 생각한다. 말하자면 '오풍연과의 식사'. 다음 주도 약속을 두 개 잡아 놓았다. 몇 번 소개드린 대로 직원들의 만족도가 참 높다. 회사가 직원 퍼스트로 생각하기 때문이다. 나 역시 영원한 휴넷인을 꿈꾼다.

감동을 더해준 선물

　지난 토요일 바보당 친구들한테 멋진 나이키 운동화와 운동복을 선물 받았다. 전혀 생각지도 않은 선물이어서 감동을 더했다. 친구들이 나의 인생 2막 시작을 축하하는 징표로 마련했다고 한다. 바보당은 전체 5명. 모두 당직을 갖고 있다. 총재, 사무총장, 원내대표, 정책위의장, 상임고문을 각각 맡고 있다. 나는 총재. 다 동갑내기. 사회에서 만난 친구들이다. 그런데 참 좋다. 무엇보다 순수하다. 바보를 지향하는 만큼 순수는 기본이다. 아마도 죽을 때까지 희노애락을 같이 할 것 같은 느낌이 든다. 친구들을 조만간 구로동으로 초대할 계획이다. 약간 시골 같은 느낌도 들지만 나름 사람 냄새 나는 곳이다. 페친들도 구로동에 오실 일 있으면 연락주시라. 따뜻한 차라도 대접해드리겠다.

12月23日

인생이 뭐 있나요

사람이 동물과 다른 게 있다. 생각하는 기능을 가진 것. 즉 인지능력을 말한다. 그런데 더러 고마워할 줄 모르는 사람도 있다. 자기가 잘나서 그런 줄로만 안다. 대단한 착각이 아닐 수 없다. 나는 학생들에게도 자주 얘기한다. "고맙습니다.", "감사합니다."를 입에 달고 다니라고 강조한다. 몸에 배도록 달달 익혀야 한다. 특히 자기를 알아주는 사람에겐 더 고마워해야 한다. 그럼으로써 오늘의 자기가 있기 때문이다. 나는 실제로 매사에 감사한다. 크든 작든 좋아하고, 고마워한다. 나의 행복지수는 상대적으로 높다고 말한 바 있다. '지금 이대로'를 즐기는 것과 무관치 않다. "나는 왜 이럴까?" 하는 식으로 접근하면 불만이 생긴다. 대신 "이것만으로도 최고"라고 생각하면 행복이 쌓인다. 행복과 불행은 관점에서 갈릴 수 있다는 얘기다. 새벽에 일어나 PC 앞에 앉아 있는 것도 행복이다. 살아있음의 고마움을 느낀다. 이렇듯 의미를 부여하면서 살면 된다. 어렵게 생각할 필요가 없다.

12月24日

저도 바람이 있죠

요즘 나의 바람은 딱 하나다. 휴넷의 성장하는 모습을 지켜보는 것. 거기에 나도 조금이나마 기여하고 싶은 게 솔직한 심정이다. 콩나물에 물을 줘 더 자라게 하는 마음이랄까. 휴넷에 입사한 이후 하루하루가 신기하고 재미있다. 전혀 경험하지 못했던 일들을 해서 그럴지도 모른다. 정말로 신입생 같은 기분이다. 임원이라고 봐주거나 건너뛰는 일이 없다. 경력직으로 들어온 다른 사원들과 똑같이 교육을 받는다. 휴넷인이 되기 위한 베이직 코스를 밟고 있는 중이다. 3개월 과정. 내가 어떻게 하면 기여할 수 있을까. 여러 가지 궁리를 해본다. 그래서 내린 결론이 있다. 내가 가진 것을 모두 쏟아 붓자. 특별히 재주도 없다. 그러나 열정은 있다. 나름 확신도 갖고 있다. 최선을 다하면 뭔가 이룰 수 있다는.

옷이 날개

"자기 옷을 잘 입고 회사 출근해야 돼." 아내가 나에게 늘 하는 말이다. 나이 들수록 옷을 갖춰 입어야 한다는 얘기. 사실 남자 옷이야 특이할 게 없다. 대부분 양복을 입고 출근하기 때문이다. 브랜드에 따라 가격도 천차만별이지만 그다지 눈에 띄진 않는다. 잘 다려 입고 깨끗하게 입으면 큰 차이가 안 난다. 그러나 캐주얼은 조금 다르다. 구김이 있더라도 멋진 옷은 금방 눈에 띈다. 옷이 날개라고 한다. 아내가 감기 기운이 있어 잠깐 나들이만 했다. 백화점에 들렀다가 멋진 점퍼를 하나 얻어 입었다. 옷이 적지 않은데 또 하나 사주었다. 우리나라 옷 만드는 기술은 세계 최고 수준. 물론 원산지는 국내가 아니다. 제조국은 거의 대부분 중국이나 베트남 등이다. 휴넷은 특별한 경우를 제외하곤 양복을 입지 않는다. 장모님이 옷장에서 아예 흰 와이셔츠는 두 장만 남겨 놓고 모두 치우셨다. 10월 31일 첫 출근 이후 지금까지 딱 한 번 양복을 입었다. 이젠 대기업도 캐주얼 차림을 권장한다. 월요일은 아내가 사준 멋진 점퍼를 입고 출근할 예정이다. 인재 엄마, 땡큐.

오풍연의 2016년

　사실상 병신년 마지막 날이다. 다사다난했다는 말이 실감난다. 내 개인적으로도, 국가적으로도 그랬다. 두 번이나 입원하는 진기록도 달성(?)했다. 지난 3월 초 폐렴으로 5박 6일간이나 병원 신세를 겼다. 감기로 알았다가 무척 고생했다. 죽을 수도 있겠구나 하는 생각이 들 정도였다. 여차하면 큰 병원으로 가야 한다는 점도 거듭 깨달았다. 7월 휴가 중에는 자전거와 부딪쳐 3박 4일간 입원했다. 남의 일이 아니라 나에게도 닥칠 수 있다는 사실을 알았다. 내가 조심한다고 될 일이 아니었다. 8월 말 청천벽력 같은 말을 듣는다. 신문사를 그만두라는. 결국 언론계 생활 30년에 종지부를 찍는다. 그러나 전화위복이 됐다. 행복한 경영, 행복한 성공의 파트너 휴넷 임원으로 인생 2막을 시작한다. 57살에 신입사원이 된 것. 10월 31일 입사했으니 딱 두 달 됐다. 나에게 귀중한 선물이었다. 결과적으로 최고의 한 해를 보낸 셈이다. 정유년 새해 바람은 두 가지다. 건강과 휴넷의 발전. 특히 휴넷에서 새로운 역사를 쓰고 싶다. 오풍연이 작은 역할을 했다는.

나의 각오

　행복하다. 고맙다. 감사하다. 이 세 마디로 한 해를 마무리 할 수 있을 것 같다. 24시간 후면 58살이 된다. 58살은 57살에 비해 또 다른 무게감이 느껴진다. 예순에 성큼 다가온 듯하다. 인생의 꽃은 언제 필까. 사람마다 다를 것이다. 나는 50대, 그 중에서도 내년에 활짝 필 것 같은 생각이 든다. 내 예감은 어느 정도 적중한다. 그게 무슨 일인지는 알 수 없다. 지금은 막연한 기대감이다. 이 같은 꿈을 꾸면 더욱 열심히 살게 된다. 노력은 절대로 배신하지 않는다. 내가 살면서 얻은 결과다. "내년은 정말 선생님의 해가 될 것 같아요." 잘 아는 지인이 덕담을 건넨다. 내 역할이 있을 것 같다는 얘기다. 무슨 일이든 할 각오는 되어 있다. 궂은일도 마다하지 않을 생각이다. 나를 필요로 한다면.

12月
*

박지원
국민의당 대표

오풍연!

그는 휴넷 이사이며 교수입니다. 사업을 하고 후학을 가르치는 모습이 어쩐지 그와 어울려 보이진 않습니다. 제게 그는 천생 기자이고 글쟁이입니다.

그와 나는 김대중 대통령 청와대에서 공보수석과 기자로 만나, 지금껏 청춘회청와대 춘추관 출입기자 모임를 통해 인연을 이어오고 있습니다. 개인적으로는 그의 장모님과 부인, 아들과도 교분이 두텁습니다.

오 기자.

그는 기자이면서도 늘 잘 웃고 따뜻합니다. 제가 대북송금 특

휴넷 오풍연 이사의 행복일기
*
282

검으로 감옥에 있을 때 자주 면회를 왔었고, 병원에서 입원 중일 때는 밤마다 맛있는 초밥을 사들고 찾아와준 고마운 사람입니다. 그의 우정을 저는 지금도 잊지 않고 있습니다.

저는 그의 페이스북을 매일 읽습니다. 어쩌면 그렇게 맛깔나고 꾸밈없이 글을 쓸 수 있을까? 그것은 오 이사의 인간성 때문에 비롯된다고 생각합니다.

저는 지금 국민의당 당대표 경선에 눈코 뜰 사이가 없습니다. 그런 저에게 글쟁이가 글을 부탁하여 자정이 넘은 시간에 펜을 들었습니다. 저는 오 이사의 책에 두 번째 글을 쓰는 영광을 갖습니다.

우리는 끊임없이 따뜻한 글을 쓰는 당신, 오풍연을 사랑합니다.

추천의 글
*

출간후기

하루하루 삶에 활력을 불어넣는
'행복 일기'를 통해 행복한 에너지가
팡팡팡 샘솟으시기를 기원드립니다!

권선복

도서출판 행복에너지 대표이사,
한국정책학회 운영이사

오늘 하루는 우리 일생에서 아주 짧은 순간에 불과하지만, 그 빛나는 하루가 있기에 삶이라는 긴 여정은 의미가 있습니다. 단 하루가 인생 전체를 뒤바꿔 놓을 수 있기 때문입니다. 더군다나 한번 지나가버린 오늘은 영원한 어제가 되어 두 번 다시 돌아오지 않습니다. '그때 내가 왜 그렇게 했을까'라며 후회하지 않으려면, 늘 그날 하루를 되돌아보며 복기하고 반성하고 더 나은 내일을 살기 위해 치열히 준비해야 합니다. 이를 위해 가장 좋은 방법은 일기를 쓰는 것입니다. 차분히 글로 오늘 하루를 정리하다 보면 자연스럽게 잘한 것, 못한 것, 준비해야 할 것들이 눈에 보이기 때문입니다.

휴넷 오풍연 이사의 행복일기

*

책 『휴넷 오풍연 이사의 '행복일기'』는 서울신문에 입사하여 만 30년간 기자 생활을 해 온 저자가 2016년 동안 매일매일 쓴 일기를 선별하여 모은 에세이집입니다. 쉽고 짧은 형식의 글들은 이 땅을 살아가는 사람이라면 누구나 평소 겪는 일상을 차분히 담고 있습니다. 비록 한 개인의 일기이지만 그 어느 독자라도 공감할 수 있을 만큼 진한 사람 냄새와 세상살이의 소소한 풍경이 책 곳곳에서 빛을 발하고 있습니다. 저자는 현재 (주)휴넷 사회행복실 이사로 재직 중입니다. '오풍연 문학'이라 불릴 만큼 독특한 형식의 에세이집을 이미 10여 차례 출간하였으며 늘 글을 통해 우리 사회의 행복지수가 좀 더 높아지는 데 힘을 보태고 있습니다. 도서출판 행복에너지에서 2015년 『새벽을 여는 남자』, 2016년 『새벽찬가』에 이어서 2017년 정초에 자신의 삶의 이야기를 진솔하게 기록한 내용을 정리하여 출간의 기쁨을 주신 오풍연 저자에게 힘찬 응원의 박수를 보냅니다.

인생에서 가장 중요한 것은 삶 그 자체입니다. 현재를 살아가는 우리의 모습이 가장 아름답습니다. 그 소중한 가치를 매일매일 글로 적어 기록으로 남겨두는 건 어떨까요? 자신의 삶조차 돌아볼 수 없을 만큼 바쁘게 살아가는 현대인들이 이 책을 통해 그 어느 때보다 행복한 오늘을 살아가기를 바라오며, 모든 독자들의 삶에 행복과 긍정의 에너지가 팡팡팡 샘솟으시기를 기원드립니다.

조 영 탁 의
행 복 한
경 영 이 야 기
Best 편

행복
에너지

조영탁 지음

200만 애독자 행복한 경영이야기 운영자, 휴넷 **조영탁 대표**의 제

행복한 성공을 위한 7가지 가치 - Best 모음

나만의 길을 가

자신이 하는 일을 좋아하

할 수 있다고 믿는 사람이 성공한

하루 5분 나를 바꾸는 긍정훈련

행복에너지

'긍정훈련' 당신의 삶을 행복으로 인도할
최고의, 최후의 '멘토'

'행복에너지 권선복 대표이사'가 전하는
행복과 긍정의 에너지, 그 삶의 이야기!

권선복

도서출판 행복에너지 대표
대통령직속 지역발전위원회
문화복지 전문위원
새마을문고 서울시 강서구 호
한국정책학회 운영이사
영상고등학교 운영위원장
아주대학교 공공정책대학원
충남 논산 출생

국민 한 사람, 한 사람이 모여 큰 뜻을 이루고 그 뜻에 걸맞은 지혜로운 대한민국이 되기 위한 긍정의 위력을 이 책에서 보았습니다. 이 책의 출간이 부디 사회 곳곳 '긍정하는 사람들'을 이끌고 나아가 국민 전체의 앞날에 길잡이가 되어주기 기원합니다.

** **이원종** 前 대통령 비   실장/서울시장/충북도지사

'하루 5분 나를 바꾸는 긍정훈련'이라는 부제에서 알 수 있듯 이 책은 귀감이 되는 사례를 전파하여 개인에게만 머무르지 않는, 사회 전체의 시각에 입각한 '새로운 생활에의 초대'입니다. 독자 여러분께서는 긍정으로 무장되어 가는 자신을 발견할 수 있을 것입니다.

** **조영탁** 휴넷 대표이사

권선복 지음 | 15